在那樱花盛开的时节

ZAI NA YINGHUA SHENGKAI DE SHIJIE

任婧雯◎著

安徽师范大学出版社
·芜湖·

图书在版编目(CIP)数据

在那樱花盛开的时节 / 任婧雯著 .— 芜湖：安徽师范大学出版社，2020.5
ISBN 978-7-5676-4045-0

Ⅰ. ①在… Ⅱ. ①任… Ⅲ. ①散文集—中国—当代 Ⅳ. ①I267

中国版本图书馆CIP数据核字(2019)第069927号

在那樱花盛开的时节　　任婧雯◎著

责任编辑：潘　安　　责任校对：辛新新
装帧设计：丁奕奕　　责任印制：桑国磊
写作指导：薛汉忠
摄　　影：薛惠友　李　玉　潘静珍　张慧敏　周凯明　薛汉忠
出版发行：安徽师范大学出版社
　　　　　芜湖市九华南路189号安徽师范大学花津校区
网　　址：http://www.ahnupress.com/
发 行 部：0553-3883578　5910327　5910310(传真)
印　　刷：安徽芜湖新华印务有限责任公司
版　　次：2020年5月第1版
印　　次：2020年5月第1次印刷
规　　格：880 mm×1 230 mm　1/32
印　　张：4.75
字　　数：120千字
书　　号：ISBN 978-7-5676-4045-0
定　　价：37.00元

姑娘,祝你越走越远

薛汉忠

任婧雯的个人文集将由安徽师范大学出版社出版，作为她的写作指导教师,我很高兴。

任婧雯是一个聪慧、秀雅、颇有灵气的女生。小学四年级,有一些学生还在为作文写什么和怎么写抓头挠腮的时候，戴着红领巾的小姑娘任婧雯却发表了一篇文章《在迎接奥运会的日子里》。那激溅时代活水的内容,清新而流畅,使人眼眸发亮。这是她发表的第一篇文章。她注意观察生活,勤于动笔,此后,《难忘刘公岛》《珍藏的记忆》《我的中国梦》等一篇篇作文,带着清新的油墨香,飘向远方。

写作具有塑造人的灵魂,提高人的综合素质的魔力。写着写着,任婧雯成了一个情感细腻、文笔生动的女孩。她很多的作文流淌着青春的激情,具有较强的可读性。我特别欣赏她改写徐志摩诗歌《偶然》的那篇散文《虽是偶然,但却深刻——改写〈偶然〉》。她写道:“在这澄澈的天空中,我飘浮着,无忧无虑地飘浮着，多么自由，多么浪漫。在我漫不经心地飘浮时，我遇到了你——无垠的大海,那美丽而绚烂的波心。”“你看,蓝色回旋的是白色,白色映衬的是蓝色,两者融洽着、相映着。”这样的文笔是何等生动,具有穿透力,强力地拨动着读者的心弦。“偶然地相遇，来也匆匆，去也匆匆，瞬间流逝，时间很短，但它仍然给我们留下了尤为深刻的记忆。因为短暂的偶然相遇，它定格了瞬间的美丽和瞬间的永恒！”文章结尾，她用诗意的语言，进行哲理的概括，既保持了诗歌的意味，又提高了散文的档次。

任婧雯的文集在内容上是丰富多彩的。她描写了青春烂漫的学校生活，抒写了温馨甜美的家庭生活，既有驰骋想象的寓言童话，又有紧贴现实生活的读后感和思想随笔。这本文集着重写了她成长的快乐和成长的烦恼。正是在快乐和烦恼的交替中，一个稚嫩的小女孩，长成了一个英姿飒爽的大姑娘。

写什么和怎么写，历来是中小学作文教学的难点。任婧雯的这本文集用生动的例子，形象地阐述道理。这里面的文章，有很多是命题作文，是传统题目。她选取的写作材料、写作内容，既可勾起同龄人的美好记忆，又可为他人提供写作借鉴。

非常羡慕任婧雯，她生活在幸福的时代。她的日常生活是我们50后、60后不可想象的。我们在长身体的时候，吃的是粗茶淡饭，衣服上还有补丁。我们那时很少外出旅游，连走出自己所在的无锡市的机会也不多。到了任婧雯生活的时代，她走出无锡去观光，去游学，就很平常了。任婧雯比我们幸福多了。她游西安，看黄果树瀑布，访绩溪，甚至还去韩国的济州岛。这些多彩多姿的生活，成了她的写作对象。

我非常“妒忌”任婧雯，小小年纪就发表文章，而且越发越多，在人生的道路上，留下了一长串跋涉的脚印，曾获第十三届“叶圣陶杯”全国十佳小作家荣誉称号。现在，年纪轻轻，又要出版自己的文集了。这让许许多多的文学爱好者羡慕。这一切，都因为你生活在一个伟大的国家，生活在一个伟大的时代。姑娘啊，路漫漫其修远兮，你前面的路还很长，你要奋进，你应努力，以便赢得更多的鲜花和掌声。

“自信人生二百年，会当水击三千里。”“长风破浪会有时，直挂云帆济沧海。”任婧雯，我期盼你能写出更多更好的文章，在文学之路上越走越远！

我的表姐

任智鹏

我的表姐任婧雯早在小学四年级时就开始发表文章，后来经过努力，评上了“叶圣陶杯”全国十佳小作家，现在出书了。她真是好样的。

我和她是一起长大的。表姐不过是一个比我大一点的女孩，脑子比我聪明一点而已。表姐像一个“小公主”，她很喜欢看书，经常痴迷于其中，但禁不起体力上的累，如果她第一天晚上熬了夜，第二天就会是一副腰酸背痛的样子，动不动就喊不舒服。干活的时候，让她帮忙，她基本上不会答应，除非是她闲着无聊找事干。一到节假日，她因为痴迷于读书写作，第二天总是赖床，怎么叫也叫不醒。正因为这一点，她错过了一次又一次美味的早餐。

一次，我们一起爬山，表姐的缺点就充分暴露了。在上山的时候，表姐的速度可是一点也不慢，到后来把我甩在了后面，我自叹不如。到了山上，我们休息了一会儿。就要下山了，当然是原路返回，表姐这时候却不想走原来那条路了，她想另走台阶——有台阶直通山下。她说：“既然有台阶，为什么不走？”“走那条路还有爬山的感觉吗？就不能坚持一下吗？”我爸说。表姐说：“刚才爬上来，我已经很累了。”我爸说：“台阶走下去的话，车子就不在尽头。”表姐摇摇手，说：“这山路太陡，我下不去了，不如我走台阶，你们走山路，然后再开车来接我。”我爸答应了。于是我和爸爸走山路，表姐走台阶。上山容易下山难，我与爸爸历尽千辛万苦才下了山，下山后便开着车去接表姐。我们特地去接她，想必她会很感动吧。但是想象中的场景并没有出现，我们开车开到表姐那儿时，表姐一副很轻松的样子，想必下山没花什么力气，她有些不耐烦地说：“怎么才来，太慢了吧！”

我的表姐爬山不肯吃苦，但读书写作肯吃苦。她写起作文来可潇洒了。我认为很难的一篇作文，拿起笔来完全不知该怎么办，甚至连我妈妈看了很久后都毫无头绪，不知道应该用什么材料写，也不知道应该如何描述自己要写的东西，急得像热锅上的蚂蚁一样。但这篇作文只要拿到了表姐的面前，对她而言，就是小菜一碟了。她只要稍微看一看作文要求，就会迅速想好要写的材料，并且在纸上写个大概，然后马上就可以写正式的文章了。只见她的手指在键盘上不停地敲击着，一句话也不说，只有敲击键盘的“哒哒”声，整个人沉浸在写作的世界里。一会儿，随着表姐敲击键盘的声音停止，一篇作文就出来了，稍加修改，就成了一篇非常精彩的文章。表姐写文章的水平不止一次让我惊呆，她却每次都是一副很轻松的样子，嘴里说：“这根本没有难度。”你看，她多么厉害！

发表文章在一些人的眼里可望而不可即。可是，这对姐姐来说，难度并不高，因为她写文章的水平比同龄人好。她写一篇文章，投一篇文章；投一篇文章，发表一篇文章。时间一长，投稿成了她写完文章后的一种好习惯，发表则成了一件顺理成章的事。要是她写了文章没有投稿，或是投了稿而没有发表，那就是一件怪事了。从小学到大学，她发表的文章可多了。

我的表姐就是这样一个优秀的人。她聪明伶俐,写文章水平高,是我学习的榜样。

现在,表姐要出版自己的文集了。表姐,你是好样的!我敬佩你,要向你学习。

自 序

这是我的第一本文集，我分外激动。我为自己的文集可以出版而感到喜悦。

我生于江苏无锡，1997 年 10 月 30 日出生，现今在江苏省一所高校就读。我读小学四年级时在《大江南北》上发表了第一篇文章《在迎接奥运会的日子里》，后来陆续发表了一些文章。

文集中的文章分为八个版块：少女情思、学子情怀、放飞情感、情系初作、情的记忆、情的飘逸、诗情悠悠和路在远方。其中，“少女情思”版块下的文章均为高中时期的高分作文；“情系初作”中收录的是小学时的获奖作文及在报刊上发表过的文章；“路在远方”是近几年陆续写的游记。此外，还有薛汉忠老师为我写的序，以及我的表弟任智鹏写的《我的表姐》。

本书所收文章，内容丰富，体裁多样，写作时间断断续续跨越十几年，风格难以统一，敬请读者谅解。时代在发展，风景在变化，我的认知也在不断加深。本书所述内容，较为真实地记录了我当时的情感，如今略加修改，以臻完善，特此与大家分享。不足之处，欢迎批评指正。

我生于泰伯故里——无锡，对家乡的深厚情感滋润了我的文笔，我描绘了旖丽的江南风光，展现了浓郁的江南色彩，抒写了自己有时候明白晓畅，有时候又说不清、道不明的情怀。这里面有眷顾，有欣喜，也有自己美好的记忆。

从一个不擅长写作的小女孩，到爱上写作、乐于写作，这有一个日积月累、从量变到质变的过程。我从小热爱读书。杜甫说“读书破万卷，下笔如有神”，厚积薄发最终改变了我。我终于能够将自己的情感流畅地变成文字。我渐渐地爱上了用文字描述生活，用笔记录情感。我在写作中体会到：只有多读书，思想才会丰富；多动笔，文思才会泉涌。

在文学的路上，我要感谢我的父母，他们提供了多方面的支持，多次在我处于低谷时给予鼓励；也要感谢我的老师，尤其是薛汉忠老师，正是他的引导，让我找到了文学路上前进的方向，并看到了前方的灯火。

目　录

少女情思

带着初心坚守

我愿，带着像丘吉尔“不放弃！决不放弃！永不放弃！”的一颗心一样坚守下去。

中华民族有带着初心、不断努力的精神。初心，就是很早就确立的美好理想。带着初心，就是要永远不忘记自己刚开始时确立的美好理想。坚守，就是要不畏路上的艰难险阻，克服诱惑，勇敢而坚定地奔向远方。

青铜器、陶器、茶艺、酿酒、布艺，我们的传统工艺越来越精巧，这些都是千百年来我国的工匠艺人带着初心努力前行的结果。走进故宫，走进各地的博物馆，那些陈列着的艺术品常常让我们赞叹。毛主席在《加快手工业的社会主义改造》一文中特别指出：“手工业中许多好东西，不要搞掉了。王麻子、张小泉的刀剪一万年也不要搞掉。我们民族好的东西，搞掉了的，一定都要来一个恢复，而且要搞得更好一些。”以张小泉为例，数百年来，继承者恪守“良钢精作”的祖训，打造让人赞叹的剪刀，享誉国内外。

带着初心坚守，需要我们有一颗沉着冷静的心。从社会生产角度看，即使是手工业，从根本上讲，也是一整套相互联系的、细腻的、有讲究的生活方式——唯有这样的生活态度，才能有望滋养出工匠精神，打造出优异产品。工匠精神是好产品好作品的灵魂。

在当今中国，政府报告反复提及“工匠精神”。在我看来，维持工匠精神需要保持初心。在保持技术元素更新迭代的同时，也要保持并弘扬工匠精神，只有这样我们传统的工艺品才可以越造越好，越造越精良。

新兴企业也需要带着初心坚守。坚守，并不意味着白白等待，虚度时光。我们在坚守初心时，要抓住机会发展自身。华为公司从创建到现在，专注于核心网络技术的研发，以“5G”引领世界，把数字世界带入每个人、每个家庭、每个组织，构建万物互联的智能世界。

在人生道路上，我们如果遗忘了初心，轻者会迷失自我，重者会殃及社会。不可否认，现代企业运营需要盈利，但不应该做出为了追求经济利益而超越道德底线的不法行为。不法企业欺骗消费者，最终搬起石头砸自己的脚，会受到惩罚。

实现梦想，不会一帆风顺，但我们只要牢记自己的初衷，铭记为人民服务的心，就会有美好的前途。初心很贵重，因为它是人生起点的希冀与梦想，是迷途挫折中的责任与担当，是铅华尽染时的恪守与坚持。

带着初心坚守下去，我们就可以向着人生理想前进，铸造自己未来的辉煌。

少年心事当拿云

青春有梦。多少学子怀着凌云的壮志，在憧憬未来。我们要有梦，却不能止于梦。少年心事当拿云，要让人生旅途春风劲、桃李妍。

每个人都应该辟有一片纯净的心田，播种最美丽、最真挚的梦，这样才能迎来桃李春风。青少年心灵的净土神圣不可侵犯，不能容忍被强迫种下的种子。违逆自我内心的种子，必然得不到心泉的浇灌。长此以往，少年的心河必将干涸，理想中的桃李春风又要在哪里寻觅?

桃李春风不仅仅是世俗的功成名就，更是人们所向往的美好境界，我们要敢于梦想，更要努力探索，以成就美好的未来。无论是福楼拜每天按时看日出，还是川端康成凌晨四点钟看海棠花，他们在致力于成为文豪时，甚至在已经成就了文学梦之后，依旧用稚子之心看世界，孜孜不倦，笔耕不辍。当然，对于现在的我来说，文豪离我太过遥远，但我相信，每天随手写下一段文字，记录生命，写下生活，更是为了我的文学梦在一步步地积累。

我们在追梦，我们在探求。我们知道揣着梦想一路走下去，我们更知道梦想的路上有荆棘，要勇敢地走下去。在到达梦想的道路上，如果有交叉路口。我们该如何抉择?是被外界困扰，移了心志，想妥协，想放弃? 还是相信自己，纵使走错了路，但只要心坚定，条条大路通罗马？

少年心事如繁星，多得数不胜数。在追梦的路上，我的文学梦陪伴着我，支撑着我。我希望可以成为一个同黄侃一般的大师，不著书立说但精神犹存；我希望可以让文字陪伴着自己，不仅仅是如今的青春年华，更是一辈子的时光。

少年心事当拿云，梦想终将成真。

寻找失去的天真

在成长的道路上徘徊,我渴望回到童年,寻找那时遗失的天真,让迷茫和彷徨远我而去。

不要抱怨孩子越来越成熟,也不要感叹孩子越来越老练,我们不能让天真缺失,也不能让少男少女的心提前硬化。

寻找天真,是为了让我们的内心深处保留柔软,充满童趣。丰子恺一生都充满了童趣,陆放翁在晚年的诗作中也常开些无伤大雅的玩笑,更有凡·高、海子等人终其一生来寻找、保存自己向往的天真。那海边的小木屋,开满野花的草地,是多么具有魅力。我寻求天真,企盼用纯净的眼光去看美妙的世界,用童真的心态感受世界,寻找并珍藏那可爱的天真。

寻找天真,是为了不让我们梦想的世界崩塌。当工业化、商品化之后,我们的生活越发方便,文化娱乐休闲越发健全。与这同时,单纯、质朴等美好的品质越发珍贵。曹雪芹笔下的大观园里,宝黛共读《西厢记》,还有黛玉葬花,无不显现着青春的美好。可终有一天,黛玉愿用死来为青春的消散殉葬。我寻找天真,是追梦,是渴望再次拥有属于自己的孩提王国,而不是用一颗已经固化的心来适应社会。

我们追忆童年的风筝,回想幼时与玩伴们跳橡皮筋的情景,可在这同时,我们面无表情地穿梭在高楼大厦里,用坚硬而冰冷的心去看待事物。为什么我们不尝试从自己的内心开始，带着孩提时曾有的好奇心，用单纯的目光去观察世界？只要我们愿意，便可打开天性，释放天性，让自己在天空中翱翔，在大海中遨游，找到属于自己的天真。

做一个孩子，像檐前呢喃的紫燕那样盼着冬去春来；做一个孩子，像屋顶上的明月那样保留着纯白的底色；做一个孩子，让眼里的纷扰与羁绊少一些，再少一些；做一个孩子，让心灵与自然的距离贴近一些，再近一些。

我愿成为一个不断长大的孩子，因为我有我的思想，我有我的天真，我不放弃纯粹，我追求缤纷。

我相信，只要我走在寻找天真的路上，怀着一颗纯正而炽热的赤子之心，那么，天真便近在咫尺！

长风破浪向未来

过去的一切都已过去。在继续前进的现在，我们不可避免地会留下或多或少的遗憾。经过反思，我想：过去的就让它过去吧，我们需要的是超越过去。

耽于过去，我们就不能更好地把握现在。无论是迷恋过去的美好，还是沉溺于过去失败的痛苦，我们都成了过客，成了逃避现实的弱者。耽于过去，不仅是消耗了现在，更是葬送了自己的明天。

有多少早年成名之人，只因躺在功劳簿上，做着一个又一个虚幻的梦，虚度了一年又一年的光阴。

痴迷过去，我们就没有更多的精力更好地奔向未来。当有志者在现实中努力拼搏时，我们却在埋怨现在不如往日；当追梦者在为了未来的美好全力以赴时，我们却在想着过去的辉煌。长此以往，我们怎么可能收获新的胜利的果实呢？

当然，我不反对回忆过去。我们将铭记过去的美好，让它成为最美好的记忆；我们将记住过去的失败，让它成为自己最深刻的教训。

习近平同志在多次讲话中强调“不忘初心、牢记使命”。不忘初心、牢记使命，是党保持永远年轻的重要法宝，是党始终铭记历史的重要力量，是党不断开创未来的重要基础。在新中国成立70周年之际，在这个重要时间节点开展“不忘初心、牢记使命”

的主题教育，其特别意义在于，无论我们走得多远，都不能忘记来时的路。

在《假如生活欺骗了你》中，普希金写道：那过去的一切都将成为亲切的怀念。若一味追溯曾经的美好，而忽视当下，那么你只能不断地哀叹过去。我们为何不积极地面对现实，抓住现在，迎接未来呢？

记住过去，但不沉湎过去；

把握现在，但不痴迷现在；

期望未来，但不空想未来！

我们坚信，长风破浪会有时，面向未来，铸造自己的成功！

勇敢地走下去

曾记否,你在他人的只言片语中迷茫,缺一双飞离困惑的翅膀;在众说纷纭中彷徨,找不到前进的方向;在世俗的枷锁中沮丧,不知深渊的出口在何方……但请勇敢地走下去,成功就在前方。

铮铮傲骨,何惧权贵?勇者用自己坚定的信念,敢于否定权威;怯弱之人却被吓倒,忘掉了自己的初衷。小泽征尔在一次交响乐指挥家的决赛中,敏锐地感受到了乐队中的乐谱有误,但在场的音乐界权威人士和众评委都予以否认,小泽征尔思考再三后,仍斩钉截铁地宣布乐谱出现错误。最终小泽征尔在大赛中夺魁。我们要相信自己的判断,走出一片碧海蓝天。

挺直脊梁,何惧困境?真正的勇者无所畏惧,挫折只会让他们变得更加坚强。高士其曾因实验事故,导致身体受伤,但他忍受住伤痛的折磨,不但完成芝加哥大学博士课程,而且在多次病危时,坚持创作。勇者直面苦难的人生,用超于常人想象的毅力完成一次次超越。

实现自我,何惧世俗?布鲁诺始终不肯放弃为之奋斗的科学真理,被烧死在罗马。只要我们敢于走下去,世俗的禁锢算得了什么?再多的流言蜚语又何妨?即使世俗的有色眼镜依旧存在,我们也要敢于冲击极限。李清照,敢以一个女子的姿态立于男子之中，在词界傲以称霸，莫说女子，就算是男子，又有几人能及？

万事之初，没有遭遇阻扰，没有经历挫折，尤其是还没有开始抵抗岁月的侵蚀，每个人都是志得意满、斗志昂扬、鸿图待展，可一旦开始前行，就会因为这样或那样的原因，有人中途易辙，有人裹足不前。所有的意外都是源于初心的遗忘和不坚守。我们在强调初心的同时，也要强调坚持，百炼方成钢，九死依旧无悔。

如今的我们，要用知识武装头脑，勇敢地走下去。因为只有坚持走下去，才有希望成功！

品味时尚

现在,少数中学生迷上了整容。每到寒暑假,有一些爱美心切的人,会去附近整容店甚至去国外整容。对这种时尚,我表示反对。

为了表面的光鲜去进行整容,似乎是为了增添自信,其实是偏颇的。不自信,才会去过度追求外表的美丽。在花费了大量的时间、金钱之后,有的整过容的人甚至还留下了严重的后遗症,这是多么悲哀啊!

少数中学生盲目地追求整容,会影响其进取精神,不利于青少年培养自身的意志力。中学生正处于人生观、价值观和世界观三观形成的重要阶段,盲目跟风整容甚至是过度整容不仅会对身体健康造成危害,还不利于养成健康的心理。在我的身边就有,年纪比我还小几岁的同学,在15岁时,仅为了增强五官的立体感,而去整容,让我觉得不可思议。在我看来,这些对社会不甚了解的中学生,盲目追求外表光鲜,满足自己的虚荣心,认为只要有好的容貌,就有了捷径,从而放弃努力,最终往往得不偿失。

作为年轻人,我们要追求健康的生活方式。当我们欣赏、追求更高层次的时尚时,我们要更注重内心的美。无论是"美人在骨不在皮",还是"好看的皮囊千篇一律,有趣的灵魂万里挑一",都告诉我们:灵魂上的魅力经久不衰,随着时间的沉淀更加迷人。我们要通过不懈的体育锻炼来塑形,通过艺术学习来提升个人修养。

身处大千世界,若将所有的时尚一概接受,则会搅得和污水一样浑浊不堪。中学生需要学会吸收有用的时尚,做到取其精华,去其糟粕。让有益的时尚来丰富自己的内心,修饰自己的外表,成为一个有内涵的人。

年轻的朋友们,我们要与整容这类时尚说再见,让我们去追求全面发展!

走出孤岛

有人说，一个人是一座孤岛。约翰·堂恩则表示反对。我认为，一个人在世界上是需要与他人相互联系、相互沟通的，要想走向成功，铸就辉煌，就必须走出孤岛。

走出孤岛，我们才能驱除内心的阴霾，培养积极心态。如果我们不与人联系，不与人交流，就会迷失方向，终日迷茫，以致误入歧途。我们应该将心舒展开来，更好地与人交流，积极地与人沟通。作为一个社会人，我们应该主动积极地去同他人交往，广泛联系，以便形成合力，去创造自己美好的明天。

走出孤岛，主动承担责任，还可以赢得别人乃至被自己伤害的人的谅解。1970年12月7日，勃兰特总统跪在华沙犹太隔离区起义纪念碑下，用具体行动表达自己的歉意，赢得了在法西斯战争中受到侵害的国家和人民的谅解，为今天的德国再次腾飞奠定了坚实的基础。由此可见，交流和沟通是何等重要。

作为年轻人，我们或许只是茫茫人海中平凡的人，但要学会联系，善于沟通，提高个人素质，从而走出孤岛。也许，沟通和联系只是苏州撑伞女孩的一把伞，这把伞却撑起了人与人之间的桥梁，体现了浓浓的爱。也许，沟通和联系只是使我抓耳挠腮的一道几何题，通过老师的讲解、同学的分析，问题迎刃而解，提高了我的学习成绩。

走出孤岛，能提高个人适应社会生活的能力，才能铸造美好明天。

身边浓浓的爱

前几天,还是穿着秋日的卫衣,但寒潮突如其来,骤然降温,让我一下子便没有适应过来。

早晨刚起床,离开温暖的被窝,便感受到了从门缝中透过的丝丝寒意,我有些反胃。一整天都是闷闷的,觉得身体不舒服,没有胃口。勉强熬到一天课程的结束,从三楼的教室走出来,迎面一阵寒风吹来，没有想象中唯美的忧伤画面，有的只是可怜的我,最终仍是忍不住,恶心的感觉又涌了上来,“哇”的一口吐了出来。

我尴尬地吐了一地,同伴尴尬地立在一旁,都不知这样的突发状况应该要如何应对。我从吐了之后,身体不适,脸色苍白,又因不好意思脸上发烫。我手足无措之时，只见有一个短发的女生,缓缓地递过来一些纸巾。我诧异,因为我吐了一地,来来往往有很多同学,或匆匆走过,或因为气味有些刺鼻而走得更远。只有这位我从来没有见过的女生,站在我一旁,羞涩地问了句:“你还好吧？”并且给我递上了一叠纸巾。

站在路边,寒风依旧,路灯依旧是那般暗淡,但是我没有了刚开始的寒意。我渐渐觉得路灯的光是那么柔和,在灯光的映照下,看着影子变长或变短。

回到了宿舍,我有些难受地和母亲打了电话,说了自己一天的状况。刚和母亲说，却传来母亲生气的声音："和你说住校不比在家，你要好好照顾自己，现在天冷了，更是要注意保暖。你现在这样，又能怎么样吗？就算我来接你回家，又有什么用！……"母亲话说得极快，似是在宣泄不满，我觉得有些委屈，便挂了电话，去教室上晚自习。

回到宿舍，却听到舍友和我说，母亲刚刚打电话来过，说是在学校门口。我有些不敢相信，本以为母亲或许就是任我"自生自灭"，谁想到……我心里有些窃喜，刚想走出宿舍去学校门口，听到宿舍的门开了，是母亲！在冬夜穿着已经有些臃肿了的母亲！母亲一边将手里的东西递给我，一边絮絮叨叨："天冷了，我多拿几件衣服给你，要穿上。这是我去医院给你配的药，要是觉得胃里还难受，就吃这个药。如果夜里发高烧了，就先吃退烧药。这是给你熬的粥，你不是说一天没有吃什么东西吗？多少吃些清淡的……"说着，母亲已经给我打开了放在保温盒里的粥。"我先走了，你们宿舍要关门了，记得要照顾好自己。"

母亲离开后，我喝着满是爱意的粥，悄悄落下了泪。洗漱完，躺在床上，想着这些在身边的浓浓的爱，渐渐进入了梦乡。

信与你我

时至今日，在科技高度发达的现代，写信仍是一个交流思想、增进情感的工具。

展开信纸，即使横竖撇捺写得不尽完美，语句也不甚优美，可当你下笔的时候，写下的每一个字里都饱含了你的相思与牵挂。从信封到里面的信纸，我都会妥善收藏。

把生活中的柴米油盐、酸甜苦辣这一切的琐碎，都载入薄薄的信纸，信封里盛满了情思。白纸黑字再拙劣，也是去了刺的温柔玫瑰。

游至某地，发现有邮箱、明信片，还有时间，有闲情逸致，便写下寥寥几句，将眼前的美景分享给亲友。平日里的新年快乐、过年好，或许也不是什么节日，仅是普通的一天，我想起了你，你记起了我，便写下祝福。这一天就变成极为浪漫的一天。

将明信片贴上邮票，放入信箱，便不知何时会被邮递员取出，不知何时能盖上邮戳，它跋涉了千山万水，到手边油墨已干，但似乎还有热气。

年幼时还通过邮箱和远在海外的亲友沟通，不像现在的网络这么发达，一封邮件里全是絮絮叨叨的话，一股脑儿写了下来，生怕自己遗漏，生怕对方不知现状。邮件的中间是大段絮叨，末了祝一切都好。写在邮件里的话，面对面是讲不出来的，要么是太啰嗦，要么是太无趣。

写信和读信都是很温馨的事情。现在写博客、发微博或发邮件，快捷方便，可写信时的讲究，这是敲击键盘所没有的。从前那种写信、寄信、盼望回信的浪漫之心早就不知哪儿去了。

可我还是想写信给你，以不快不慢的方式到你身边；如果你说你会写信给我，那从今天起，从现在起，我就开始想你。

时间淘洗

年华似水，它将俊男靓女变成了身材伛偻的老翁、老妪，但也因时间的淘洗，在漫漫的历史长河中淘出了闪光的金子。

时间无情，永远不会因为谁而停留；时间有义，会公平、公正地告诉人们事物的价值。同样是科学家，布鲁诺选择了舍生取义，伽利略则是“苟且偷生”。在得知伽利略因害怕皮肉之苦而妥协后，他的学生安德雷亚来质问，朋友也不理解。但也正是因为他的选择，在被软禁的几年里，伽利略完成了关于力学与落体定律的《对话录》。世人都赞扬布鲁诺的献身精神，难道不也应赞扬伽利略的忍辱负重吗？时间是如此公平，洗去的不过是尘世的喧嚣，真正的财富便被留存了下来。

有时候抽象的事物也可以让我们感知，有时候实体的事物也能转眼化为无形，岁月当是证明，我们活的时候真正感觉到自己是存在的，岁月的脚步一走过，转眼便如云烟无形。林清玄在《温一壶月光下酒》中写下的这番话，总让我慨叹时间的价值。时间悄悄地变化，往事如烟，但夺目的价值永恒。印象派画家笔下的《向日葵》《鸢尾花》等名作谁不知晓？可我们又怎能想象凡·高生前穷困潦倒？当莫提格里昂尼面对着众多妩媚女子而作画时，凡·高在野外寻觅着巴黎画师所不屑的事物。与当时那些华丽璀璨的绘画相比，凡·高将自己无限的激情投入艺术的创作中。如今凡·高的画作被拍卖出一个又一个高价，越来越多的人懂得他的艺术价值。一切走到尽头，只有时间不会说谎。

上天给予众人时间，在物质层面上是身体皮囊的变化，能让时间厚待的则是有意义的事物。贾岛“两句三年得，一吟双泪流”，曹雪芹“字字看来皆是血，十年辛苦不寻常”，其作品耗时虽久，但都没有被淹没在厚重的史书中，而是代代相传。

时间不会说谎。让我们在淘洗事物的时间里缓缓地探索。

学子情怀

妙哉，欣旺的乡巴佬豆腐

欣旺大酒店是无锡新区的一家老牌星级酒店，有着非常高的人气，到了饭点店里常常座无虚席。欣旺大酒店最吸引我的不是秋冬的飘香蟹，不是蜀地风味的烤鱼，也不是大名鼎鼎的龙虾，而是欣旺的乡巴佬豆腐。

我一直觉得，真正的美食并不在于食材的名贵与稀奇，而在于普普通通的家常菜能满足你的味蕾，触动你心里最柔软的角落。欣旺大酒店的乡巴佬豆腐，正是用简单而质朴的食材，熬出最暖心的味道。这道菜十分符合无锡人的口味。

当服务员把用砂锅煲的豆腐端上餐桌时，一种略带豆腐乳汁味道的清香便进入了鼻腔。我小心地用勺子将豆腐舀起，凑上前轻轻咬下一口豆腐，鲜味便刺激了舌尖的蓓蕾。豆腐不似平日常见那般细腻，里面的形状已经变成了蜂窝状。

一道看似普普通通的炖豆腐，我们完全想象不到它所耗时间之久。据欣旺大酒店的大厨李建师傅说，通常他们早晨 8 点便开始熬制煲豆腐的汤汁，到中午 11 点多，当天新鲜的乡巴佬豆腐才可以端上餐桌。欣旺大酒店的工作人员告诉我，这耗时久的乡巴佬豆腐为了回报多年来的新老顾客，很多年都没有涨价，仍是开始定的 28 元 1 份。回报顾客，这或许，便是欣旺大酒店的经营理念吧！

妙哉，舌尖上的欣旺！仅仅是家常的炖豆腐，妙哉！妙哉！

在那樱花盛开的时节

江南一片绯红的樱花，孕育了一个季节的柔情。顺着悠长的小径迤逦而行，那朵朵烂漫的樱花开得娇艳可人，缕缕的清香，沁人肺腑。

今年的春日依旧那样清丽明澈，今年的樱花依旧那样活跃俏皮，我的心中却是一片萧条。只因那位年年春天陪我、伴我赏花的老人——我的祖母，在去年樱花盛开的时节，去了遥远的天国。她走得安详、恬淡，仿佛尘世间的一切都与她无关，她悄然无声地走了……

依稀记得前年春日，75 岁的祖母还带着我与表姐去鼋头渚赏樱花。长春桥的樱花开得热烈，开得奔放。樱花的花瓣纯洁又细碎，层层片片绽放在枝头上；在中央的花蕊高雅而又魅惑，丝丝缕缕从淡粉的花瓣中透出了脑袋。我还清楚地记得，那时，祖母的脸是“人面樱花相映美”。我们漫步于长春桥，我与表姐想扶着您、搀着您，您却牵着我们，就同小时那般，牵着我们的手走街串巷。那时，您告诉我们：“一个人一定要有自己的理想，并要在你最绚丽的时光去实现自己美好的理想，就像这樱花一样。”

同年 8 月，我听到了您住院的消息。那时，我在北京的姑姑家，父母亲在河北。一开始，祖父只是以为夏天天气的缘故，您心脏病又犯了，便同您去医院检查心脏。可是结果出乎意料，您是胃癌的第三期，产生病变，转到了淋巴上。我们看着您日渐消瘦，痛苦在心头弥漫。最终，您在去年4月7日11时45分，在我们这些晚辈都不在的时候，静静地去了。

您一生坎坷。祖父在秦皇岛工作，虽然每个月都会寄钱回来，每年也会回无锡一两次探亲，可是独自养儿育女的辛酸，别人怎么能深刻体会到呢？祖母，您是一位成功的女性，知道自己没有能力种田，便用自己攒下的钱，经营小卖部，日子照样过得红红火火、有声有色。您还是一位成功的母亲，您虽要照顾曾祖母、忙小卖部，可您依旧将父亲、姑姑培育得如此优秀。

今年，我与表姐再次徘徊于长春桥，心头有淡淡的悲伤。樱花依旧烂漫，可在我的眼中带着几分清冷。但您的话，我没有忘：

“让我们短暂的人生散发出像樱花一样迷人的清香，盛开出像樱花一样绚烂的花蕾……”

陶醉于樱花，缅怀祖母，在这樱花盛开的时节，我的思念是多么深沉，多么强烈。

我的老师

我现在的语文老师丁老师，从小学四年级开始教我。第一次见面，丁老师就讲了一大堆这不准那不许的规矩，所以一开始就被我定为“啰嗦”老师。而3年后，我觉得她是“金不换”老师。

这有一个过程。一天傍晚，晚霞已退去，月亮出现了轮廓。有一个高大的身影依旧在教室里。那抹影子正是我的语文老师兼班主任——丁老师。她正弯着腰站在我的课桌旁，一只手指着作业本上的题目，一只手指着语文书上的内容，嘴里不停地讲解、分析着过程和答案。我盯着丁老师的脸，只见她的脸上带着甜甜的微笑，缓缓地说：“做改错题虽然是要靠平时积累，但是只有细心地读句子，凭着精细的语感，才可能会做对题目！”

听了丁老师的话，我点了点头，紧接着丁老师指着作业本上的题目，和蔼可亲地说：“就像这一题中的语病：‘我们必须认真改正，随时发现工作中的缺点。’我们要按照顺序，先发现再改正……”我听了老师的话，一股暖流进入了我的心房。正是在丁老师的指导下，我的学习成绩不断提高，作文还获了奖呢！所有的这一切都是您的“啰嗦”带来的，是您的尽职带来的。

马上要小学毕业了，但我仍不忘丁老师的“啰嗦”给我带来的好处。现在，我觉得丁老师不但不是“啰嗦”老师，而且是“金不换”老师！

记忆中的美味

在“鱼米之乡”无锡，从正餐大菜，到风味小吃，数不胜数。我喜欢三鲜馄饨，因为这是我记忆中的美味。

“王兴记”是无锡最好吃的馄饨店。那还是在小学三年级的时候，我跟着妈妈来到“王兴记”馄饨店，突然，一股美味扑鼻而来，原来是一碗热气腾腾的三鲜馄饨端上了桌。十个胖娃娃似的馄饨，静静地躺在碗中，呼唤着你，让你闻着味，看着碗，直流口水。馄饨的皮晶莹剔透，隐隐约约可以看见里面的肉馅。在这些馄饨的上面还有蛋皮丝、干豆腐丝、小虾米这些“三鲜”。

我看着这一碗三鲜馄饨，忍不住去尝一尝。我先用筷子将“三鲜”弄到一旁，然后夹起一个馄饨开始细细品尝。馄饨的皮很薄，用两支筷子轻轻一夹，馄饨便分为两段，里面的肉馅便露了出来。我拿了其中的一块，咬了一口，虽然那口味并没有小笼包那样甜美，可是一股与众不同的香味在嘴巴里弥漫开来，令人回味无穷。我觉得这馄饨很好吃，便连皮带肉把碗里的馄饨都吃掉了。

三鲜馄饨怎么做呢？先将面和好，搓成一个长条，捏下其中一小段，用擀面杖擀成较大的圆形，要擀得很薄很薄，再用碗口是正方形的碗往上一压，一个方方正正的馄饨皮就做好了。把适量的肉糜放在皮子上，把皮拢到一起轻轻一攥，一个馄饨就做好了。最后，将做好的馄饨放进沸水中煮熟，放上蛋皮丝、干豆腐丝、小虾米等。就这样，一碗美味可口的三鲜馄饨就出炉了！

相传，春秋战国时期，吴王获得美女西施后，得意忘形，吃腻了山珍海味，西施便做了这种食物。因为吴王成天浑浑噩噩、混沌不开，所以取名为馄饨。

听了我对三鲜馄饨的简介，你是不是想来无锡品尝一下这味道鲜美、营养丰富的三鲜馄饨呢？

校园听雨

我的母校是无锡市连元街小学。它是一所花园式学校。校园有时举办活动,发生了很多新鲜事。但是我魂牵梦萦的还是校园听雨。

你看,又下雨了。校园里,那雨充满了激情,充满了诗意,蕴含着丰富情感:有时淅淅沥沥,如江南少女吟诗;有时热情粗犷,似山东大汉擂鼓;有时吞吞吐吐,时下时停,像淑女悲秋;有时夹着寒风,肆虐疯狂,仿佛悲伤者在哀号……

那次,正是盛夏的一个下午,同学们都在教室里安安静静地做作业。渐渐地,天变得灰蒙蒙起来,许多同学将目光转向窗外。风卷着树叶,发出了“沙沙”的响声,犹如一位诗人带着沙哑的声音,吟诵着很有个性的诗句。雷鸣轰响,发出了令人震颤的声音,仿佛是一位高明的演奏家,在敲打着大鼓。前奏结束,开始了高潮。雨下起来了,夹着雷声,伴着狂风,越下越大,豆大般的雨珠扑打在窗台玻璃上,响在我的耳边。被这不断变化的雨声所吸引,我甚至忘了自己的存在。

高潮过后,进入了尾声。我走出教室,静静地站在走廊里,听着滴落在小花圃里的雨,就像聆听着美妙的乐章。那声音是何等清雅,“滴答、滴答”,一声声如同梦境般轻巧,在叶子上、水潭里降落,泛起了圈圈涟漪,使人仿佛处在美妙的境界中。

校园听雨,别有情趣!

被定格的友谊

午后，我独自坐在书房，翻开了那本相册，不由地想起了那次在蠡湖公园里我和徐沁润分别4年后的拍照。

徐沁润从幼儿园开始就是我的“死党”，但是小学二年级时，她去南京上学了。她从小就跟我在一起玩耍，所以我们无话不谈。这张进入我眼帘的是我与她在一个公园小溪边嬉戏的照片。看着这张照片，我不禁想起了那次愉快的经历。

那是春天的下午，我们一起去蠡湖公园游玩。

一进公园的大门，我就闻到了一阵沁人心脾的花香，那香味浓浓的，闻上去可真舒服啊！那些花香令人陶醉，小草随着风在摇晃着脑袋，仿佛在欢迎我们。我向徐沁润说：“小润，面对这么美的景色，我们为什么不利用它，拍几张照片，留作永恒的记忆呢？”徐沁润听了，脸上的酒窝变得更深了，她高兴地说：“姐姐，那当然可以了。我们都4年没见面了，下次见面还不知道什么时候呢。”我静静地听着，但是心里不时有着悲伤，生怕以后见不到面了。可我转念一想，人总归有在一起有分开的时候，正如苏东坡所说的“人有悲欢离合，月有阴晴圆缺”，我们可不能过分悲伤啊！于是，我淡淡地一笑，连忙拿出照相机，准备拍照。

我和徐沁润坐在小溪旁的一块石头上，将照相机设为自动模式，放在前面的树枝上。我们两人紧紧地靠在一起，露出了会心的笑容。这时候,照相机“咔嚓”一声,拍下了这张照片。

我珍藏着这张照片，因为它永远定格了我与徐沁润之间的真挚友谊!

几分温暖在心头

若说父母的帮助是出于责任，同学的帮助是出于关心，老师的帮助是出于责任……可一个素未相识的陌生人，却在我最需要帮助的时候，伸出了援助之手，使我感到温暖。

去年春节过后，乍暖还寒，风还是那么冷，那么刺骨，正好这时候我发起了高烧，生了病，浑身无力。这时候，家人忙着各自的事情，无人关心我。

傍晚，我背着书包准备回家，已经进了小区，可是胃里如同翻江倒海似的，又走了几步，再也忍不住了，便朝着路边吐了起来，把中午在学校里吃的都吐了出来，仿佛连胃里的酸水都吐了出来。这时，一位清洁工阿姨走了过来，对着我很亲切地说："小女孩，你好点了吗？"我点了点头，可胃里仍旧翻腾，咕噜咕噜地闹着，极不舒服。于是，我说了声："抱歉。"便背着书包匆匆离开了。

我跑回家，梳洗好，再走到阳台上，只见那位清洁工阿姨在清理着我吐出来的东西。她的脸上没有一丝嫌弃。我的心里是极为不好意思的。这位阿姨，完全可以不问我的身体，至于地上的污垢，也完全可以直接用水一浇，再用扫帚一扫，就没有任何的污垢了。阿姨却拿着抹布一点点擦。我心里非常感动。我吃了药，睡觉了。

第二天，我惊奇地发现，家里一盆不知名的小花，吐出了花蕊。打开窗户，风也渐渐暖了，我的感冒几乎好了！

我站在阳台上，朝远方眺望，柳树吐出了新芽，迎春花也结出了密密的花苞。这时我忽然看见了那个清洁工的身影，不知不觉中，一股暖流进入我的心头，我被陶醉在这美丽的春景中。

又是粽叶飘香时

又是五月初五端午佳节，一股股淡雅的粽叶清香，使人感到愉悦。今年，粽叶飘香时，我特别高兴，因为我学会了包粽了。

我们家和往年一样要包粽子。外婆一大早就买来了新鲜的粽叶。我这只小馋猫，时不时地向厨房望去，就想待在厨房里。去厨房吧，我不会包粽子，外婆肯定嫌我碍手碍脚；不去厨房吧，经不住那粽叶香味的诱惑，想要第一个吃到粽子……嗅着粽叶的清香，我很矛盾。

外婆是包粽子的高手，两片粽叶、一根棉线和一些馅儿在外婆的手里，几经翻折便是一个令人看着都流口水的粽子。而我早就羡慕外婆会包粽子的这项本领了。现在的孩子大部分不会包粽子，我如果学会了，那可有了骄傲的资本啦。

走进厨房，我就看见了水池里的粽叶。这青绿色的粽叶有的浮在水上，有的浸在水里，湿漉漉的。同时，粽叶原有的清香经过水的滋润，变得更加淡雅了。外婆这时正拿着几片粽叶在手里不断翻折，看得我眼花缭乱。我嚷嚷着要学包粽子，外婆拗不过我，还是答应了。

她先给我讲了包粽子的过程。在她的指导下，我先拿粽叶错开折叠，上面的粽叶紧紧压住下面粽叶的一半。然后，拿一小把米放进去，放上肉或者火腿，再放点米把馅盖住。折叠粽叶，让粽叶把米全部包住。最后用棉线缠上三四圈，系上活扣。

一开始，这粽叶、馅、棉绳不听我的话。不是粽叶掉到了水池里，就是馅露了出来，或者就是绳子绕在了我的手上。好不容易，大功告成——我包出了第一个粽子。

看了我包的粽子，外婆笑得前仰后合。过了一会儿，外婆才屏住笑，指着粽子对我说道："这粽子都快成汤圆了。"我仔细地观察我包的粽子，它与外婆包的粽子差远了。外婆包得有棱有角，而我的是圆的。后来，我在外婆的指导下，拿粽叶包馅，然后再去绕绳，包着包着，我包的粽子也成漏斗形了。

外婆在煮粽子了。空气中弥漫着粽叶那淡淡的清香，充溢着我的鼻孔，也沁入了我的心里。又是粽叶飘香时，我学会了一样本领，真开心。

珍藏的记忆

入夜，坐在书桌前，百无聊赖地看着窗外……

流年似水，韶华易逝，记忆的大门随之打开。所有的回忆似潮水般涌入我的脑海，过去的一幕幕在我的眼前交融、重合，又马上分离。

依稀记得那是期中考试前的一天，凌厉的寒风吹向我们，如同刀刃般彻骨入髓。在这么冷的环境下，我从半醒半睡的状态中惊醒。我们一边打哆嗦一边等着早课的来临。

一会儿，教室的门缓缓地打开了，王老师出现在我们的视野里。“王老师怎么了？”“咦？”不断有同学脸上浮现出疑惑的表情。王老师和平时有些不同，原本粉嫩嫩的脸上，有几分惨白，脚步虚浮，好像随时都会摔倒在地，还带了一个银色的保温杯。毋庸置疑，王老师病得很重。她坐在讲台前，顶着沙哑的喉咙说：“今天，我们上……咳，第×课，翻开书……”那一个个的汉字就像是用力挤出来似的，虽然很轻，但是能听见。心疼夹杂着一股凉意直袭我们的心头。老师开始在黑板上写字了。老师慢慢站起来，左手撑着桌子，右手开始在黑板上无力地跳跃、滑动，一个个如老妪般缺少气力的字渐渐浮现在黑板上。她一向清秀的字荡然无存了。老师为了让我们能看清楚，写得更用力了一点，左手在桌子上不停地颤抖。此时，我心底貌似有什么东西涌了上来，我从来没有这样的感觉……

下课了，老师用模糊的声音对我们说："祝大家考个好成绩，同学们再见……"之后就慢慢走出了教室。

教室里鸦雀无声。看着那一黑板歪斜却可分辨的字，我们无语凝咽。这一黑板的字，迟迟地，没人起身像平常一样去擦黑板，都静静地坐着，它们象征的不是别的，而是那沉甸甸的老师之爱啊！这一黑板的字，虽然能抹去，但这黑板上的记忆，会永远存在我们的心中，永远在我们的心中铭记。

随着时间的推移，这黑板上的字迹成了我在心底珍藏的最美好的记忆。

学会安静

安静去哪里了?

安静应该在厚重的古书里,在幽幽的香茗中,在幽静的古琴里……其实安静就在生活里。我们要去寻觅,去品味,去聆听,在这一切的基础上,最重要的是我们要学会安静。

学会安静,有利于自身成才。静下心来,细看周围的"学霸"们,哪一个不是能够认认真真地看书?又有哪一个真正认真学习的人,却发出巨大的响声? 因此,我一直觉得,如果我们也同"学霸"一般安静地学习,学会了"学霸"身上的安然,那么我们从明天开始,或许会成为冉冉升起的新"学霸"。诸葛亮在教导后辈时,希望他们安静处事,"非宁静无以致远",这成了千古佳句。作为祖国未来的接班人,为了更好地成才,为了更好地建设祖国,我们应当学会安静,在安静中提高自己。

学会安静,可以创造良好的学习、工作氛围。有时老师会生气地说:"你不学习,别人还要学习呢?"是啊,当你尽情欢笑嬉闹之时,你是否想过会打扰到别人?罗素说,所谓幸福的生活,必然是指安静的生活,原因是只有在安静的气氛中,才能够产生真正的人生乐趣。作为一个有上进心的高中生,为了将来为祖国做出较大的贡献,我们应该学会安静,以创造良好的生活环境,为我们日益美好的社会尽绵薄之力。

随着网络的飞速发展，有一些人选择“快餐文化”，忽视纸质的书本。放眼看看，许多事业有成的人依旧随身携带纸质的书本，依旧用纸质的笔记本，是安静的生活促使他们走向成功。面对尘世的喧嚣与浮沉，我们不必像陶潜一样，“采菊东篱下”远离尘世的生活；也不必像王维、孟浩然一样，去当田园居士。但是，为了让社会变得宁静而美好，我们必须学会安静。

安静是燥热阳光下的绿荫，给我们带来凉意；安静是干燥沙漠里的清泉，抚慰了我们的心灵；安静是恬静生活中的小舟，让我们获得悠然闲适的感受，进而更好地去学习。

安静在每个人的心里，安静在生活细节里，安静在自己一举手一投足之中……我们寻觅安静的足迹，学会安静，才能在人生之路上越走越远！

放飞情感

我和明天的自己有个约会

朋友,如果你问我,与明天的自己有个什么样的约会?我的愿望是当一名文物追溯员,把遗留海外的中华瑰宝追回来。

泱泱华夏有数千年的灿烂文明,但是近代屈辱的战争、各项不平等的条约,中国的大门被迫打开,众多文物被毁,被带至国外。因此,我希望,和明天的自己约定:让中华文物回家。

从第一次鸦片战争开始,中国的文物大量流入海外。是海外侵略者的野心,觊觎中华精美的文物,用各种疯狂的手段进行掠夺;更是清政府的软弱妥协,让有着狼子野心的贼人,大胆地伸出了锋利的爪牙。第二次鸦片战争中英法联军火烧圆明园,此后十二兽首丢失,至今没有全部归国。顾恺之《女史箴图》的唐人摹本等名画则出现在英国伦敦博物馆!作为中国人,一想到这些,我的心就在滴血,就感到愤懑!

要知道这些文物,都是我国古人智慧的结晶,是我国历史文化的重要见证。如果这些文物能够归国,那多么让人振奋呀!因此,我迫切地希望成为一名文物追溯员,让我国丢失的文物回家。

或许,别人笑我狂妄,但是我会用实际行动来证明这不是随口一说。学习林则徐的"苟利国家生死以,岂因祸福避趋之";学习周恩来的"为中华之崛起而读书";学习钱学森的"我的事业在中国,我的成就在中国,我的归宿在中国……"如今的中国,国盛民强，我希望，让我国的文物回家，这不仅仅是为了研究古代文明的需要，更是有利于增强我国的综合国力。

“路曼曼其修远兮，吾将上下而求索。”我知道，我想从事的事业会面临诸多困难，但是我会与志同道合的朋友们一起去努力。

相约明天，让文物回家！

我的中国梦

作为一个中国人，我的理想是研究出一种供婴幼儿食用的健康、营养的奶粉，从而使社会和谐、美好。

有一些人正在为奶粉苦恼着。有一段时间，在奶粉中发现有毒物质，这些物质会影响婴幼儿智力发展。于是，有些人去购买日本、荷兰的奶粉。国外的奶粉越卖越贵。

所以，我希望我可以为国家做出贡献，研究出纯天然、营养价值高的奶粉。我知道在研究的道路上会遇到种种困难，比如说，奶粉原料的科学配方，奶粉原料的保管与处理等。但我会全身心地投入，去研究出比国外奶粉更健康、更有营养价值的奶粉。

或许，别人会嘲笑我。当年袁隆平提出要研究“杂交水稻”时，大家都以为他是痴人说梦，可是他凭着坚强的毅力，成功了。爱迪生要研究电灯，别人一笑而过，认为他是疯子，可爱迪生全身心地投入研究，成功了。国家最高科学技术奖的获得者王振义院士，使一些白血病患者得以康复，一开始他也受到了别人的讽刺，但他凭着努力，成功了……我坚信，只要我努力，我也会成功。

这就是我的中国梦，我会努力，让梦想成真！

我追的星——王选

我国汉字激光照排技术的创始人王选是我追的星。

1979 年 7 月 27 日，在北大汉字信息处理技术研究室里，在王选教授主持下，科研人员用自己研制的照排系统，在短短几分钟内，一次成版输出了一张由大小字体组成、版面布局复杂的报纸底片。《光明日报》在第二天做出了相关报道，在国内外引起了巨大反响。

王选教授在科学实验中不是一帆风顺的。在研究印刷术时，他遇到的困难很多。在别人都觉得没有希望的时候，王选以永不言弃的精神，不断试验，在事业上获得了巨大的成功。作为汉字激光照排系统的创始人，他被别人称为“当代毕昇”。汉字激光照排系统为新闻出版全过程的计算机化奠定了基础。

王选是科学工作者的典范。他献身于科学，淡泊名利，孜孜不倦地埋头于艰苦的科研工作中，即使患病期间也没有停止过。他勤奋严谨、求实创新的工作态度，赢得了大家的好评；他努力拼搏、勇攀高峰的科学作风，获得了大家的尊重。在科研成果和崇高荣誉面前，王选始终强调的是集体智慧的结晶。他以提携后学为己任，为培养、造就出一批批年轻学术骨干呕心沥血。他常常鼓励和帮助青年学者选择具有挑战性且应用前景光明的课题。

王选，是无锡永远的骄傲，是科学界永远的亮点。让我们牢记他的姓名，沿着他开辟的道路前进！

除　夕

除夕是我国的传统节日之一。每年除夕，大街小巷都会张灯结彩，家家户户热闹非凡，充满欢声笑语。五颜六色的烟火点缀着天空，噼里啪啦的鞭炮声此起彼伏。

2010年除夕夜，全家人早早地吃了晚饭，一起下楼去放烟花。好热闹啊，家家户户都传出了笑声。突然“呯”的一声巨响，我吓了一跳，一看才知道是一个人在放鞭炮。紧接着，许多鞭炮响了起来，此起彼伏，接连不断，整个小区沉浸在一片鞭炮声中。

过了一会儿，我在天空中看见了五颜六色的烟花。大家的眼球一下子就被吸引住了。夜空中色彩缤纷的烟花，交织成一簇簇璀璨无比的花束，喷射着，闪烁着，像千万只流苏缓缓垂落下来……这些烟花放起来形态各异，漂亮极了。刚刚还是一个红艳艳的圆球，转眼变成了一片金黄的流星雨，明明是五彩的喷泉，还没等完全看清楚，就变成了一颗颗紫色的星星，闪烁在天空中……五彩斑斓的烟花相聚在一起，让我觉得天空中仿佛正在开着迎新春的大会。

看着别人兴高采烈地放烟花，我要求爸爸给我放几个。爸爸先拿了一个像金箍棒似的又细又长的烟花，上面卷着花花绿绿的纸。爸爸小心翼翼地点燃了火捻子，之后一个个夺目的流星喷射了出来。虽然没有大烟花的闪亮与震撼，却也有一种不同的美。后来,爸爸又给我放了一个烟花,既大又美,震撼人心。

除夕,你这个令中国人激动的节日,我爱你。我爱你的传统,我爱你的民俗,我爱你的亲情,更爱你给我带来的快乐!

唐老鸭望子成“鹅”

唐老鸭有一个幸福的家庭。他有温柔体贴的妻子，还有活泼可爱的儿子——唐小鸭。

唐小鸭学习成绩平平，但他是体育健将。唐小鸭经常受到老师和老爸的批评。一天，唐老鸭在阅读诗集时看到唐代诗人骆宾王的代表作《咏鹅》。那一句句赞美鹅的诗句，让唐老鸭对鹅有了羡慕之情，但它心里有些沮丧，因为鸭子家族从来就没有过这种荣誉。唐老鸭左思右想，决定让唐小鸭学习弹钢琴，因为学习弹钢琴不但可以变得有气质，而且可以有一技之长，在升学考试中加分。更主要的是，能够发出像“曲项向天歌”的“鹅”那样动听的声音，给鸭子家族长长脸。

说干就干，唐老鸭马上就与妻子去看钢琴。两天还没到，钢琴就送货上门了。唐小鸭见唐老鸭买回来一架崭新的钢琴，很好奇，拉着唐老鸭指着钢琴问：“老爸，这钢琴买回来干什么？有什么用？”“弹琴。”唐老鸭十分陶醉地说。“谁弹？”唐小鸭问。唐老鸭语重心长地说：“谁弹？当然是你了。老爸希望你能成才，成为‘鹅’。”原来一脸笑容的唐小鸭马上变得愁容满面。唐老鸭变得忙活起来，尤其是电话机和手机的铃声几乎就没停过，当然这都是为唐小鸭找音乐教师和钢琴调音师。两天后的一个上午，来了一只白天鹅，这是唐老鸭专门为唐小鸭找来的钢琴调音师。心中本来就不快的唐小鸭，就一直给调音师捣乱。调音师工作时是不允许被打扰的。唐小鸭却一直乱按钢琴键，害得这位调音师调音调了整整三个小时。

调音师刚走不久，唐老鸭花重金请来的钢琴教师来到了家。这位钢琴教师是一只母白鹅，有耐心，每个周六、周日都来给唐小鸭上钢琴课。唐小鸭上钢琴课的时候总是心不在焉的，心思早就在足球场、游泳池上遨游了。这位钢琴教师教的学生都有所成就，可唐小鸭不但没有天资，而且不认真学习，让钢琴教师真是苦恼啊！唐小鸭每天被唐老鸭逼着弹钢琴，脸上总是愁眉苦脸的，没有了往日的笑容。一天，唐老鸭又逼着唐小鸭学习弹钢琴，唐小鸭终于发出了抗议："爸爸，我不喜欢弹钢琴，真是赶鸭子上架。况且鸭子就是鸭子，不可能成为鹅。"这时小鸭的声音中已经带着哭腔。唐老鸭一下子愣住了，心想："我这么辛苦是为了谁？还不是望子成龙，为了让他成才？"唐老鸭见唐小鸭痛苦的样子，放弃了让他学习弹钢琴。

后来，唐小鸭改学花样游泳，练了不久就有所成效，还被评为园圃级功勋运动员，为鸭子家族争了光！唐老鸭的脸上洋溢着灿烂的笑容！

假如我成了书法家

中国曾有许多的文人雅士都练得一手好字。王羲之的《兰亭序》流芳百世，颜真卿的《勤礼碑》名扬天下，欧阳询的《卜商帖》名垂青史……我也想成为一位书法家。

一天夜晚，我想着想着，便进入了梦乡……

我刚临摹好颜真卿的《多宝塔碑》，准备出门去逛街，换好衣服，便听到有人在喊我："任大书法家！请您帮我开个讲座吧！"只见一位穿得整整齐齐的中年女子缓缓地走到我的面前，热情地邀请我。

我觉得给别人开讲座是每个书法家应该做的，于是我便点了点头，答应了她。我跟着这位中年女子来到了一间办公室。办公室内好多人准备好了纸和笔，要记录我说的要点。我滔滔不绝地讲起书法知识："书法是一门艺术。书法家的毛笔是他手指的延伸，笔的疾厉、徐缓、飞动、顿挫都受主观驱使，成为他情感的发泄……"我绘声绘色地讲着，大家听得津津有味。

突然，我发现有一个小男孩，长得古灵精怪，要我帮他签名。我仔细一看，这个小男孩真像我小学同学王凯誉。于是我便问小男孩："你的爸爸叫什么名字？"小男孩不假思索地说："王凯誉。"我真是太高兴了，没想到在这里还能碰到我老同学的孩子。于是，我又问了王凯誉家的地址和电话号码，以便下次能去他家做客。

我讲了一个多小时，嘴都干了，可为了别人能更多地了解书法艺术，付出这点劳动我觉得是应该的。我送给他们一幅我的书法作品，他们很感谢我。

后来，校长急急忙忙地来找我，决定颁发“书法普及奖”。拿到那鲜红的证书，我很有成就感。

假如我真的成了一名书法家，那么，我会为祖国书法艺术的不断普及而努力！

情系初作

在迎接奥运会的日子里

2008 年的北京奥运会是一个令全国人民欢欣鼓舞的盛会。在迎接奥运会的日子里,我们班的同学都变得认真起来,因为大家要用实际行动来迎接奥运会。

你瞧,那个身穿蓝衣服的淘气男孩张一帆正在复习功课呢!平日里,只要铃声一响,他就像离弦的箭一样飞出教室。他有时出去打架,受到老师的批评。现在,他像变了个人似的,学习是那么认真。经过一段时间的努力,他的成绩提高了,还受到了老师的表扬。有一次,科学老师好奇地问这个淘气鬼:"你现在跟从前不一样了,听班主任丁老师说,你最近还受到了表扬,是吗?"张一帆脱口而出:"是的。现在,体育健儿都在为奥运会做准备,我虽然不能为祖国做贡献,不能为无锡争光,但也要为班级争光啊!"老师听了这话,笑了起来。

再瞧,那个戴着眼镜的王新愉,以前是在班上名列前茅的学生,经过努力,现在在年级里已经数一数二了。那也是靠发扬奥运精神,平时多看书,把课文背得滚瓜烂熟,才取得的好成绩!

在迎接奥运会的日子里,我们整个班级都行动起来了。大家爱好体育,爱好学习,爱好劳动,大家都在争当"三好学生",用实际行动迎接奥运会呢!

中国,我为你骄傲

2008年8月8日,是一个让我们所有中国人都感到骄傲的日子,因为在这一天北京奥运会正式开幕了。

晚上8点，我们一家人早早就围在电视机前等待开幕式的开始。“滴答滴答”,晚上8点的钟声已经敲响,开幕式开始了。

“鸟巢”上空升起绚丽的烟花,有的像五彩的花朵,有的像一只只脚印，还有的像白绒绒的花团……最让我喜欢的是在北京的上空出现了29只闪光的脚印。妈妈说:“这29只脚印就代表第29届奥运会吧。”我凝视这29个闪光的脚印，只见它慢慢“走”向鸟巢。这可能是象征奥运会走过的漫长历程吧。

在接下来的节目中我最喜欢的是《画卷》。画卷慢慢地打开了,巨大画卷的四周绫子凸显出中国文化起源和发展的图案,有岩画、陶器和青铜器……中间是一张白纸,人们在上面画了一幅漂亮的水墨画。在画卷上还有一架具有一千多年历史的古琴。

《画卷》的表演结束,舞台上出现了一个蓝色球,这是什么东西呢？哦！这就是地球。最后,由刘欢和莎拉·布莱曼携手出场,演唱了本届奥运会的主题歌《我和你》。这首歌得到了许多人的赞赏。就连平日里一向对歌曲不感兴趣的妈妈也鼓起掌来,连连说道:“这唱得太好了,给人一种轻柔感。”爸爸说:“是呀,是呀,让我们为奥运会加油吧！”我们点点头。

这是多么盛大的奥运会呀！我为我们伟大的祖国能成功地举办奥运会而骄傲！

难忘刘公岛

人们一提到甲午战争就会想起刘公岛，因为刘公岛上有甲午战争纪念馆，这里记载着我国近代史上一段屈辱的历史。今年暑假，我特地去了刘公岛，感受到一次深刻的教育。

到了刘公岛，我先参观甲午战争蜡像馆。这是一个古色古香的建筑，建造得十分简单，但给人一种沉郁的感觉。蜡像馆里有许多栩栩如生的蜡像。有的在站岗，有的在做买卖，有的做了日本人的奸细正在被审问呢！……在蜡像馆里，还塑造了许多英雄拼死战斗的场景。这里还陈列着许多文物，它们给了我们直观的教育。

然后，我们来到了甲午战争展示馆。一进大门，我就看见了许多英雄的简介，有丁汝昌、邓世昌、刘步蟾、林泰曾等人。后来我又看到了陈列在威海的一些地图。此外，我们在一个大厅里看见正在播放的《甲午海魂》，场面十分悲壮。我深深感受到：只有我们认真学习，使国家变得强大，才能不被别的国家侵略。

做 家 务

今天,一向作为家里的"甩手掌柜"的我,为妈妈做了一次家务劳动——洗碗,不过觉得有点对不起妈妈。

晚上吃饭,我主动要求洗碗。妈妈一听首先一惊,然后笑着说:"今天不知道是刮哪阵风,你洗碗!"我在心里想,我是没做过,你怎么知道我做不好?我在心里跟妈妈打赌。

吃完晚饭,说干就干。我端了一大叠没洗过的碗放进水池里。学着妈妈的样子,我卷起衣袖,打开水龙头,用水慢慢地冲洗一遍,将杂物去掉。然后,我一边冲一边用抹布擦掉碗上的油渍。一开始进展很顺利,碗上的许多杂物已经被清理掉了。我关上水龙头,得意洋洋地想:现在就剩下抹洗洁精了,以前老听爸爸、妈妈说洗碗很难,没想到也不过如此嘛。我正想拿洗洁精,忽然手一滑,碗就掉在地上开了花。我急忙把碗捡起来,心想:纯属意外,这碗真可怜,成了"牺牲品",不过这也不能怪我,失败是成功之母嘛。我会再接再厉!

我拿起另一个碗洗起来。这个碗好像故意在和我作对,一个劲地往下滑,我洗了半天,也没有洗干净。我一急,手一松,只听"啪"的一声,结果可想而知。我这才如梦初醒,捡起地上的碗,可惜已经迟了,这个碗摔了个"半身残疾"。我心里打起了退堂鼓,心想:再这样下去,一池的碗都会被我摔完的。这时,妈妈走进了厨房,笑眯眯地问我:“碗洗好了吗?我还得看你洗完碗呢!”我不好意思地指着被我拾起来的碎片,低着头回答说:“还没。”妈妈见了,并没有责怪我,只是说:“没事的,不是几个碗吗? 再说,这是‘岁岁平安’。”说完,妈妈拿起碗,给我做示范。妈妈熟练地用水冲洗着,然后抹上洗洁精,用抹布把油渍清理掉,最后用水把洗洁精冲干净。

我仔细地观察着妈妈的动作。妈妈先把碗底抹干净,之后一圈一圈地往上擦。妈妈边擦边语重心长地对我说:“有油的碗不太好洗啊!”我听了恍然大悟。我学着妈妈的样子,笨拙地冲洗着,虽然我洗的碗没有妈妈洗得那么干净,但是我还是很高兴。我把碗洗完了。

今天是元旦, 我作为一名小学六年级的学生, 终于要毕业了,得为父母做些家务活了!

一只漂亮而聪明的鹦鹉

中央电视台有一档节目叫《动物世界》。我家也有一个“动物世界”:古灵精怪的小猫,能说会道的鹦鹉,行动缓慢的乌龟,婀娜多姿的金鱼……其中,我最宠爱鹦鹉,因为她既漂亮又聪明。

你看,这只鹦鹉这么漂亮。她有一身绿色的大氅,看上去像一位气质超群的歌手。脖子旁边那一圈红色的毛,在这绿色的大衣之中,给人一种万丛绿中一点红的感觉,使人赏心悦目。她那小巧玲珑的眼睛,时而一闪,窥视着周围的一切。那尖尖的嘴巴,黄黄的,犹如上了一层蜡。红、绿、黄这三种颜色,巧妙地搭配在一起,看上去可和谐啦。所以,到我们家来玩的人都会被她所吸引,都会赞叹她的美丽。

我们家的这只鹦鹉叫宁宁,她可聪明啦。记得有一次,妈妈有事出去,叮嘱我要把作业做完。可是,这话我一会儿就忘了。我一会儿画画,一会儿看电视,一会儿踢毽子,一点作业也没有做。到了下午 3 点钟, 那只鹦鹉忽然叫道:“妈妈回来了! 妈妈回来了! ……”我听到这话,忽然想到作业还没有做完,却在玩,不被妈妈骂才怪呢。于是,我连忙放下手中的东西,回房做作业。过了一会儿,我没有听到妈妈开门的声音,我出来看看,没看见妈妈的身影。我恍然大悟:那只聪明的鹦鹉是在提醒我啊!

一个小时过去了。那只鹦鹉又叫了起来:“妈妈回来了!妈妈回来了！……”我心想：上次上了你的当，这次我才不上当呢！于是，我接着玩，才不理她呢！一会儿，我真的听见开门声了，原来妈妈真的回家了，并且蹑手蹑脚地走进我房间。

一身绚丽的羽毛，一个聪明的脑袋，这就是我家人见人爱的鹦鹉！

这也是课堂

在教室里听老师讲课，获得真知，那是课堂；在剧场里看演员表演，受到熏陶，也是课堂；在公园里欣赏美景，陶冶自己的情操，那更是课堂……

在去年金风送爽、丹桂飘香的日子里，我到锡惠公园欣赏美景。我来到观赏菊花的地方，一下子就被陶醉了。

这些菊花就像一个个仙子，穿着五彩而华丽的晚礼服。红的如烈火般鲜红，白的像珍珠似的耀眼，黄的似金子一样悦目，蓝的如宝石一样璀璨……那绚丽的色彩使我醉倒了，形状更是迷人。有的像一把小勺子，向外延伸；有的像一条蛟龙，腾空飞跃；还有的像含羞的少女，露出小脸……

看到我被菊花吸引住了，一位公园里的老爷爷热心地向我介绍说："这菊花的用处可多了。它不但有观赏作用，还有保健功能。"我说："要是永远都是秋天，该多好啊，每日都有这般迷人的花朵。"老爷爷开导我说："傻孩子，没有春天的播种，夏天的耕耘，哪里会有秋天的收获。为了这秋天的收获，我们公园里的园丁可辛苦了。"听到这里，我颇有感触，竟然没想到这秋天的花儿是园丁春天、夏天劳动的成果。老爷爷看着正在沉思中的我，语重心长地说："为了让菊花更艳、更美，有些园丁在春天和夏天可是够辛苦的：有的专门住在花圃里，这就是'春耕秋收'的道理！"

听到这里,我感慨万千:是啊,我们要想在人生中的秋天获得成功的硕果,那我们就要在人生的春天与夏天努力!

这是我去公园游玩时偶然获得的一个道理。这个道理同时告诉我:生活也是课堂!

他真坚强

他是一个军人，一个坚强的军人，一个独臂而仍活跃在军营里的军人，他就是“感动中国”的丁晓兵。

丁晓兵1983年入伍。1984年，他毅然要求参加军事行动。那次行动战况惨烈。一个手雷砸在丁晓兵身上，他想也没想，抓起手雷就扔了出去。可是一团火光，让丁晓兵失去了知觉。几秒钟后，丁晓兵睁开眼，突然发现，右手使不上力气，侧头一看，才发现，右胳膊已经被炸断了动脉，鲜红的血液一股股地往外喷！受伤的这一天，是丁晓兵当兵整整一年的日子，老天却送给丁晓兵这样一个“黑色的礼物”！

丁晓兵把手臂简单包扎后，继续前行。向南方望去，是一座又一座高山和似乎永远也走不到尽头的丛林！只连着一点点皮的右臂一次次被挂在树枝灌木上。刹那间，丁晓兵身上潜藏着的英雄品质，被激发出来，他竟然拿出匕首，毅然将手臂割了下来。在山里跑了近4个小时，丁晓兵看到迎面跑来的接应者后，一头栽倒在地上，因为他实在是跑不动了。受重伤后又扛着重物拼命奔跑，丁晓兵身上的血流失太多。鲜血洒在绿色的山林中，成了一条3公里多的血路！

丁晓兵就是这样一个英雄，一个坚强的英雄。他用坚强呼唤着胜利，用胜利鼓舞着更多的人。

观看阅兵式

金秋十月，从格陵兰到大洋洲，从俄罗斯到古巴，全世界的人都在关注着北京天安门广场，都在等待那个精彩的阅兵式——中华人民共和国成立60周年阅兵式。

10点刚过，阅兵式正式开始了。首先，胡锦涛等国家领导人检阅了海、陆、空14个徒步方队。他们英姿飒爽、步伐矫健，陆续走过天安门广场。接着，走来的是30个装备方队，有火箭炮、榴弹炮、坦克、导弹。最后，受检阅的是12个空中梯队。一架架飞机整齐有序地从空中飞过。

在这56个方队中，我最喜欢的是女兵方队。她们戴着白帽子、白手套，穿着红衣服、白靴子，手里还拿着机枪。虽然都是女孩子，但与男孩子相比，一点都不逊色，同样那么整齐、有序。

在阅兵式接近尾声的时候，蓝白相间的国产歼击机从人民英雄纪念碑上空飞过。中国首批歼击机女飞行员首次公开亮相，用飒爽的英姿，向世人庄严宣告：中国成为世界上拥有歼击机女飞行员的国家之一！中国在钢铁长城上又增添了一支蓝天卫士！这真是巾帼不让须眉啊！

今年的阅兵式真精彩。我们感到震惊，感到激动，感到自豪！

在电脑普及的时代还是需要练字

学习书法可以提高个人素质，可以提高人的文化修养，也可以传承中国的传统文化。在电脑普及的今天，有人认为不用学习书法，我认为这种说法是错误的。在电脑普及的时代，人们还是应该学习书法。

首先，学习书法可以提高个人素质。有的人做事非常毛躁，做什么都是三分钟热度，做什么事都做不好。这样的人做事没有恒心。这样的人如果学习书法，久而久之，就可以克服这个毛病。此外，对于有些患有"多动症"的学生，如果学习书法，慢慢地就会养成静静地看书或学习的好习惯。

其次，学习书法可以提高人的文化修养，甚至会影响人的前途。在社会上我们总会有用到书法的地方。在找工作、订协议的时候，需要签字，如果写得潦草，别人可能会看不起你，甚至可能不会重用你。这会给人们造成多大的损失啊！这会直接影响人的前途。

另外，学习书法还可以传承中国的传统文化。我国的书法有一个长期发展的过程，分小篆、隶书、楷书、行书、草书等多种字体。我们要继承并发扬这源远流长的文化，不能让它流失。

由此可见，在电脑普及时代，我们还是需要认真练习书法，认真练字！

勇往直前的感觉真好

一个人不能被困难吓倒，而应该想办法去克服困难。因为只有这样，才能品尝勇往直前而获得成功、获得快乐的滋味。

记得有一次，我看见姐姐正在兴致勃勃地为大家吹口琴，我也想要一只口琴，便缠着妈妈给我买了一个。我是对口琴一窍不通的人，虽然有一个宝贝口琴，可是这个口琴不听我的话，还经常发出噪音。我听着自己吹出的噪音，十分恼火，产生了不想再吹的念头。妈妈看见我闷在屋里，一副不高兴的样子，便语重心长地说："练口琴需要时间、耐心，等你懂得了窍门，你就可以吹出美妙的音乐了。"

听了妈妈的话，我恍然大悟。于是，请姐姐教我怎么吹口琴。姐姐说："吹口琴时，要做到声未到，眼先到；声未到，心先到。吹口琴的手势也很重要。"说着，她给我介绍了很多技巧。在姐姐的指导下，我终于掌握了吹口琴的要领。凭着一股不怕困难、执着顽强的劲儿，经过练习，我终于能吹出动听的音乐了。

是不怕困难的精神鼓舞了我，使我学会了吹口琴，这种勇往直前的感觉真好！

情的记忆

轻轻推开那扇门

倒转时间的沙漏，回头望去，往事如流水一般悄然退去。唯有那长长的足印和岸边的野花，伴我一路走来。

十四年的岁月如白驹过隙，转瞬即逝。在如今这个花语缤纷的年龄，我满怀对过去的感慨和对未来的憧憬，轻轻推开这扇神秘的青春之门。

我漫步其中，欣赏着空明澄澈的风景。枫叶在风中轻巧地打着旋儿，有的散落在碧绿无漾的水面，有的则落在我脚下，生命的炽热足以让人惊叹。黄莺用清新婉转的歌喉唱出悠扬的曲调，小溪用叮叮咚咚的流水声伴奏，秋风汇成悦耳的天籁，大地为厅，青山为景，蓝天为幕，枫树挺直了腰杆儿当指挥家，我则荣幸地成为这场无与伦比的音乐会的唯一听众。乐声时而如风低吟，时而如浪澎湃。我听得如痴如醉。这歌声沁人心脾，心中积郁多时的阴霾逐渐消逝。青春之门里，没有喧嚣浮华，只余朴素淡雅。在这里，美丽的自然可以涤荡你的心灵。

山中满心欢喜追着风筝跑的身影已寻不见，敢笑敢闹、赶跑敢跳的我已逐渐成熟。草坪中，绽出一簇簇太阳花，互相紧紧地拥抱着，友爱和谐。同学们谈论着心中的喜悦。欢笑声、耳语声、调侃声，交织成青春的主旋律。青春之门里，就是如此，没有过多的烦恼，有的只是沐浴在阳光下的温暖与喜悦。青莲爱酒、东坡嗜竹、易安赏花……踏入青春之门后，我才真正穿越了那千古的风尘，读懂了那永不褪色的经典。我与这些文人骚客共举杯盏，或相对品茗，或无语相视，或笑或悲或叹。这些游离于天地之间的高尚灵魂，散发着无尽的美。这些美妙渗入我的心中，超越生死时空的界限，徜徉在心灵深处，沉甸甸的，酿造着醇香。青春之门中，没有喧闹，没有嘈杂，只有一方澄清；在物欲横流的世上，予我一片安宁。

跨入青春之门，我知道要有目标为之奋斗了，我收起自己那颗贪玩的心，一头钻进了书山题海。我会因那一次的失利而流泪，也会因获得老师的表扬而自喜，在竞争中学会了承受，学会了进取。

轻轻推开青春之门，你会看到一个陌生而又熟悉的世界。在这里，有欢乐，有宁静，也有惆怅，酸甜苦辣咸，五味俱全。纵然我眷恋童年的生活，但我仍高唱着青春的赞歌，轻轻推开那扇青春之门，静静走下去。

登山和下山

每次对于老人所说的“上山容易下山难”，我总是充满了不屑，可是那次经历让我永远记住了。

还是小学三年级的我，暑假中与父母一同去黄山游玩。因为很少出远门，我是格外兴奋。黄山是中国一大名胜，这里奇峰汇聚，青松在悬崖上斗绿，怪石在奇峰上争齐，烟云在峰壑中弥漫……

群峰之中最有名的便是莲花峰，只因人们都说“不到黄山莲花峰，游兴杳然一场空”。兴趣十足却又稚嫩的我，初生牛犊不怕虎，不顾崎岖的石梯山路，执拗着一定要去爬黄山莲花峰。父母无奈之下，我们一家三口便开始爬莲花峰。我像一只轻快的小鸟一样，丝毫不怕那高、陡的石梯，一眨眼就甩开了爸爸、妈妈一大截的距离。可没过多久，我便开始体力不支了，像是现在体育课上那 800 米测试的最后一圈，双腿跟注了铅似的，实在是走不动了。

于是，我在心里打起了退堂鼓，想要赖去乘缆车。可这莲花峰不通缆车。想跟一些上了年纪的老爷爷、老奶奶一样，坐竹椅上山，可是充满活力与朝气的我，又不愿像那些迟暮的老人一样。我可不想让爸爸、妈妈笑话我。

我一次又一次地咬牙坚持。看到比我还小的小朋友，也很努力地向上攀登时，我怎么好意思退缩呢？我抹了抹额头上的汗珠，硬是凭着坚持不懈的信念，走上了一级又一级的台阶。我的心中那句“坚持到底，就是胜利”成了我的动力源泉，我昂着头，一步步地向山顶进发。

终于，我双腿打颤地爬上了莲花峰。层层的云雾在山间飘渺，阵阵的山风不时从远处吹来，远远望去，似乎有一片紫色的阴影……我的心中充满了喜悦。

休息的时间够了，我们一家三口，便开始了下山的路。这时，我又轻松了许多。妈妈却在我耳边念叨：“常言道：‘上山容易下山难’哟。”我不以为然。这是什么话，怎么可能？下山可比登山的时候轻松多了。于是，我甩开了爸爸、妈妈，蹦蹦跳跳地向前冲。

在要经过莲花峰当中的一个小亭子时，我的双腿一软，一个踉跄便滑了两步，跌倒在地上，膝盖上和手肘上都蹭掉了一些皮，我痛得眼眶里满是泪水。妈妈连忙将我扶起，安慰着我。

于是，我在爸爸、妈妈的搀扶下，一拐一拐地下了莲花峰。

“低碳”，将深入我们的心中

——记我们班关于低碳的少先队活动

“低碳”成了人们共同的理念，校园里现在处处提倡“低碳”。前不久，我们班就开展了一次“‘低碳’让我们的生活更美好”的少先队主题活动，使我们深受教育。

瞧，我们教室不时飞出阵阵掌声、串串欢笑，同学们正沉浸在热烈的主题班会中。现在发言的是邹子辰，他滔滔不绝地说：“‘低碳’是我们生活中一个必须要遵守的‘规则’，这是为了我们的家园，为了我们的地球。我们必须要减少二氧化碳的排放，减少光污染……”

我们的班主任觉得邹子辰的话很有道理，为了调动大家的积极性，让更多的同学发表意见，便打断了他的发言。她说：“邹子辰说得很有道理，大家深受启发。许多同学都在跃跃欲试。现在，我们还是让其他同学也来发表意见吧！”

这一来大家可热情啦，许多同学纷纷举手要求发言。这时候，主持班会的中队长申璐雯说：“让我们听听俞扬菲的看法。”俞扬菲便站起来说：“我觉得应该少开电灯。可是我们已经开了很多灯了。或许多种树可以缓解‘光污染’。”我与同学们点头，还鼓起了热烈的掌声。

看着听着，我有一种想发表意见的冲动。于是，我就高高地举起手来。申璐雯点了我的名字。我兴奋地站了起来，脑子里想了几秒，说："我们作为地球的主人，就必须要为地球着想。不能只顾及眼前的利益，而要为今后的生活考虑。所以，我们必须要节约一切资源，如水、电、煤等，而且要进行资源回收利用，只有这样，我们的校园才会变得更美好，地球才会变得更美好，最后我们的生活才会更美好！""任婧雯的话说得很有道理！"我们班响起了一阵热烈的掌声。

这是一个多么有意义的主题班会啊！在掌声和欢笑声中，我们班级的同学都提高了认识，在茁壮地成长。

你，不一般

现在班里的54名同学，都各有所长。我认为其中最不一般的便是我现在的同桌张亦弛。

张亦弛长得很秀气，肤色很白。很多第一次见到他的人，都会情不自禁地问一句："你是不是男孩？"这时张亦弛便会像一位羞答答的小姑娘，脸上尽是红晕。那散乱的头发，将眼睛遮住了一部分。那嘴里的声音，比女孩子都要好听几分，就连数学老师都曾经赞扬："张亦弛的声音真是好听，下次再让他来读题目啊！"

张亦弛真的很可爱，经常会做一些稚气的举动。一次上语文课时，他咬着自己的手指，手指上沾满晶莹剔透的口水。这时，语文老师要求我们打开《导学》，开始讲题目。我旁边的张亦弛还沉浸在手指的美味中，没有听到老师的话。张老师看了几眼张亦弛，张亦弛才后知后觉地发现，别人已经翻开了《导学》，于是他也翻开了《导学》。可是，可怜的张亦弛因为刚刚没有在意，不知道老师要求翻到第几页，一脸茫然。张老师察觉到他上课开小差，于是点了张亦弛的名字，让他来回答。但张亦弛连页码都不知道，怎么回答呢？于是，我们的语文老师就送给他一个"小朋友"的绰号。英语老师曾经也不止一次跟张亦弛开玩笑："明天呢，你就直接从学校直走，第一个十字路口左拐，那里就是你的天堂。"我们这些同学想到那是幼儿园，只见张亦弛红着脸，不好意思地用两只手遮着脸。是啊,这便是张亦弛的可爱之处。

别看张亦弛迷迷糊糊的，他的英语成绩在我们班可是前几名呢！很多我们没有学到的英语单词,他都可以解释个大概,可见他的记忆力相当强。他的数学成绩也很好,数学老师夸他:“张亦弛的条理性是很强的！”

这就是我的现任同桌——张亦弛,与班里的同学相比,真的很不一般！

一次特别的家宴

转眼之间，又到国庆节了，大家喜气洋洋。我爷爷是个特别爱国的退休工程师。星期日，他把我们喊回家，烧了很多菜，开了一瓶酒，乐呵呵地说：“让我们一起为伟大的祖国干杯！”

吃着喝着，大家便谈开了。新中国成立62年了，这62年的辉煌，有着说不完的话题。爷爷当年在秦皇岛工作，吃得比较简单，现在他看着满桌子精美的菜肴，忍不住感叹起来：“记得从前，我一个月也吃不到几次荤腥，哪像现在居然把大鱼大肉吃厌了，还要讲究营养，讲究保健，连红烧肉都不吃了！”

听了爷爷的感慨，我们家的“总经理”奶奶深有感触。她插嘴说：“这吃的就算了。想想我们那时候穿的衣服，东一个补丁西一个补丁，破破烂烂。哪像现在的衣服，要样式有样式，要质地有质地，讲究颜色、样式、品位，商场的衣服都看得人眼花缭乱了。”大家看了看奶奶身上时髦的薄羊绒开衫，会意地笑了。

这时，当会计的姑姑凑上来说：“我小时候，这地上坑坑洼洼，大多是石子路。你看，现在我们无锡的路，四通八达，既平又宽，清一色的柏油路，我有时候还去玩轮滑，真爽！”姑姑的话赢得大家一致好评。因为在这么多年里，大家都目睹了祖国各地道路的巨大变化，深有感触。爸爸是交警，他不但见证了道路的飞速发展，而且感受到车的变化。他说，以前马路上看得最多的是三轮车、自行车，现在变成了小轿车。说着说着，他流露出了无比自豪的神情。

妈妈是旅游迷，提到无锡新建的金碧辉煌的灵山梵宫，提到风光旖旎的渤公岛，提到最近开放的无锡长广溪湿地公园，可来劲了。讲着讲着，她又讲起了这几年去九寨沟、去海南岛、去云台山、去承德避暑山庄、去台湾旅游的趣事，说得眉飞色舞。其实，我们家的旅游迷又何止妈妈一个？爷爷、姑姑、爸爸，还有我，哪个人没去过七八个经典的地方？大家兴趣盎然。

转眼之间，一瓶酒就喝掉了一大半。这时候，爷爷提议："让我们再次为伟大的祖国干杯！"于是，大家纷纷站起来，举起酒杯，欢声笑语再一次在我们家荡漾开来……

这真是一次特别的家宴！

难忘的决定

第一次投稿，是我人生道路上一道亮丽的风景线。成功和失败往往在一念之间，是当时的那个难忘的决定使我走向成功。

那是小学四年级时的暑假。当时，我的写作水平并不高，根本没有想到要去投稿。我刚从山东旅游回来，或许是受到了刘公岛深厚的历史文化的感染，我便写下了一篇名为《难忘刘公岛》的游记。可能是刘公岛给我的感触太深了吧，我的文章给老师看，得到了老师的好评。巧的是，那时有一个主编需要编写一本游记，我的文章恰好符合要求。我突发奇想，想要将文章寄出去。

可当文章要寄出去的时候，我犹豫不决了：这篇文章真的好了吗，要不要再修改了？文章寄给编辑后，会不会发表？就算发表了，别人看了会不会笑话？……我在房里拿着作文踱来踱去，拿不定主意。突然，我的眼光转向书桌上的一本书，看到一个作家的姓名——刘绍棠。刘绍棠，一个著名的乡土文学作家，准确地说是一个天才。他在小学时便发表文章，到了高中竟然学习自己写的课文，具有传奇色彩。应该说，刘绍棠先生有自身的努力吧！更准确地说，这是因为他有一定的勇气，抓住了机会，没有错过。此时此刻，我拥有这样的机会，我便不可以失去，我也要让自己的人生发光。

于是，我将我的作文寄给了编辑部。两个月后，我的文章终于在作文书上出现，我很庆幸我当初的决定。海燕向云端冲击的决定，练硬了它的翅膀；小鱼在大海中遨游的决定，提高了它的游泳技能；青松屹立在山崖的决定，拓宽了它的生命厚度……

这个难忘的决定，让我更喜欢写作，让我的人生多了一道亮丽的风景线。

悄悄地提醒

总爱一个人静静地坐着，享受午后或夜晚美好的时光，品着香茗，捧着图书，遨游在书的海洋中，聆听着给我的那一份悄悄的提醒。

年幼时的我，与大多数的女孩一样，喜欢梦幻，喜欢童话。

在安徒生、格林的童话中，一个个情节曲折离奇的故事将我带入梦境，仿佛我成了主人公，与童话中的人物一起或喜或悲、或爱或怒。我又像刘易斯·卡罗尔笔下的爱丽丝，掉进了书搭造的奇妙仙境，看见了灰暗的土地被善良的仙女涂上了斑斓的色彩，邪恶的女巫受到了应有的惩罚，恶势力总会被王子、骑士打败，最终淳朴的百姓会过上幸福的生活。

书中的爱丽丝心地善良、纯洁，在面对稀奇古怪的事物时，始终保持清醒，坚持自己的价值判断，绝不随波逐流。爱丽丝直至梦醒时都真实地活着，她保持了自己的良知与人格尊严。这正提醒着我们：在现实生活中，无论如何，我们都不能迷失自我，丢失宝贵的良知与人格尊严。

透过流光溢彩的水晶球，我远离了那个只看童话的年代，随着书页哗哗翻过，我在书中观古今于须臾，抚四海于一瞬。杜甫"会当凌绝顶，一览众山小"的凌云壮志，李商隐"此情可待成追忆，只是当时已惘然"的一声慨叹，李煜"问君能有几多愁？恰似一江春水向东流”的无尽悲愁，让我欢喜让我愁。

悄悄地、悄悄地，美丽的辞藻已经深入我的心田。看着历朝历代的名句，我的心从豪情万丈，到无限感慨，到无尽忧愁。书悄悄地提醒着我，应该学习“学如逆水行舟，不进则退”的进取精神，学习“纸上得来终觉浅，绝知此事要躬行”的实践精神……

生活的帆船愈行愈远。我步入初中，钻进世界文学的殿堂，进去一探究竟。雨果用他的浪漫手法提醒我人性闪烁着光辉；普希金用其艺术而讽刺的手法，悄然地提醒着我过去的黑暗；勃朗特笔下强烈的爱与恨悄悄叩开我的心门，提醒我爱的伟大……

一切美妙随着图书纷至沓来，通过那白纸黑字，淡淡的油墨清香，总是悄悄地提醒着我生命的精彩、人生的方向。

捧着书，聆听着悄悄地提醒，享受着生活的美好，何乐而不为？

“六一”创新多，义卖更快乐

“六一”，我们班在学校操场上进行义卖活动。我觉得这个儿童节过得特别有意义。

因为这些义卖的钱要捐给“希望工程”，所以我们把义卖的地方叫作“爱心小屋”。班长申璐雯、“数学天才”王新榆、“名嘴”邹子辰，再加上喜欢习作的我，是大家推选出来的售货员。

人气很旺的申璐雯，很快就将两位结伴而来的女同学“吸引”了过来。我迎上前，满脸微笑地问：“美女，买什么？”一个高高的、看上去很阳光的女孩，带着甜甜的微笑，说：“我想买个漂亮的娃娃。”我指着课桌上一堆形式多样的娃娃，热情地向她推荐：“你看，那个抱着小白兔的娃娃，清纯可爱。你喜欢吗？那个卡通娃娃，形象夸张、色彩艳丽，非常吸引人，你喜欢吗？”高个子女孩心动了，买了一个抱小白兔的娃娃和一个造型新颖的卡通娃娃，连价也没还。我心里可有成就感啦。

班长申璐雯能言善辩，她趁热打铁，热心向旁边的另外一位同学推荐桌子当中的那个瞪着一对圆眼睛的洋娃娃：“美女，这个很迷人，你把它买回去吧！”那位同学没吭声。申璐雯问：“朋友，您喜欢什么样的娃娃呀？”那个女孩说：“我要那种动物造型的娃娃。”“哦，这里有一对很可爱的猫，很适合放在床头柜上。你喜欢吗？”“名嘴”邹子辰说着从桌子下面拿出一对猫给她看。她被吸引住了,惊叹:“这好可爱啊!”申璐雯热情地介绍:“这是一对,一只是蓝色的,一只是粉红色的。”在申璐雯和邹子辰的热情推销下,那位同学买下了那对猫。一会儿,我们又向其他“顾客”推销了书包、小盆景、《安徒生童话集》等。王新榆负责收款,她看着越来越多的钱,乐得嘴都合不拢了。

这个“六一”,我们过得很有意义。我们不但锻炼了自己,而且为“希望工程”出了力。

成长中的烦恼

夜，风呼呼地吹着，雨淅淅地落着，我在书桌前，看着明天要上的新课。突然，一阵曼妙的音乐声响起，我抬头看向墙壁上的时钟。哦，原来10点整了。

我放下手中的书，一边回想着自己刚才看过的内容，一边轻揉着太阳穴。我觉得自己好累。听大人们说，这就是成长中的烦恼。但是，我不应该退缩，而要放平心态，勇往直前。

第二天，换好泳衣，走到游泳池边，我看着这一池子清澈的水，心里便忐忑不安了起来。因为我是一个“旱鸭子”，一看见江河湖海的，就紧张得不得了，生怕自己会突然掉下去似的。可是，我忽然觉得背后有一股力推了我一下。“扑通”，我就跳进了游泳池。游泳镜都没戴上，我的眼睛、鼻子、嘴巴里全都是水。我抬起头来，气愤地看着把我推下水的罪魁祸首——王天雨。这是我平时最好的朋友，就算开玩笑，也不带这样的！明知道，我是很怕水的。“嘻嘻，我这可是帮你练练胆子，多练几次就不会怕水了。”王天雨的脸上漾起微笑。我嗫嚅着，无话可说。

我走到游泳池的一头，一只脚蹬在池壁上，借力便游出去一大段。游了五六米，我就力不从心了。“啪”，溅出一个大水花，我便沉到水里去了。我的心里恼了，这都多少次了，几乎一直在这个地方停下来。这时，王天雨从我的旁边冒了出来，扶了我一把，蹙着眉头说:“你游的时候,手和脚不要全部埋在水里,那样阻力特别大,而且力气一会儿就没了。加油哦!我陪你哦!”

听着王天雨热心的话语,我很感激她。是啊,大家同样是人,别人都会游了,我也一定会游好的。我一定要有信心,坚信自己可以从起点游到终点。而且,王天雨会给我信心和帮助的!一切困难都可以被克服的!

我听了王天雨的话,来到泳池的一头,深呼吸了几下,又游了出去。虽然,我没有一下子游到尽头,但是我已经比刚才进步了不少。我相信,只要我放平心态、勇往直前,那么我就可以成功。我一次又一次地从泳池的一头出发,游着游着,我的手变得轻巧,脚的动作变得迅速,就这样,我凭借着自己的努力,终于游到了尽头。

生活中没有风雨是不可能的,就如成长中没有烦恼也是不可能的。我们要在烦恼中成长。烦恼不再是我们成长道路上的绊脚石,而是我们成长道路上的垫脚石。

情的飘逸

虽是偶然，但却深刻

——改写《偶然》

广袤的天空，明净透彻得就像一片大海，大海中泛着几丝白光。哦，那不是别的，那是我——一片美丽而飘渺的白云。

在这澄澈的天空中，我飘浮着，无忧无虑地飘浮着，多么自由，多么浪漫。在我漫不经心地飘浮时，我遇到了你——无垠的大海，那美丽而绚烂的波心。我在你的不经意间，将自己的身影投入你的波心。你看，蓝色回旋的是白色，白色映衬的是蓝色，两者融洽着、相映着。

你微微地诧异，不知我怎会突然到来。可是还没等你反应过来，我已经悄然离开。

我们在漆黑的夜间碰面。深邃的天空，浩瀚的大海，没有城市繁华的喧闹，没有乡村萧条的寂静。有的只是浪儿扑打在礁石上的声音，有的只是海洋生物跃出水面的声音，再也没有别的。

可是，我们有自己的方向。不碰撞、不干涉、不打扰，似乎谁也不知道谁，只是默默地做着自己的事，永远没有所谓的交集。或许，你已经忘了我这个人生道路上的匆匆过客。因为没有关系，所以不会记得；因为没有认识，所以没有印象；因为没有言语，所以已经淡忘。

最好你已经忘了我，因为我们有各自的方向，但擦肩而过，奔向各自的目标，便交汇出绚丽而夺目的光泽，让两个完全相异、背道而驰的意向，在天空中，在大海里，释放出绮丽而迷人的光亮。

偶然地相遇，来也匆匆，去也匆匆，瞬间流逝，但仍然给我们留下了深刻的记忆。因为短暂的偶然相遇，它定格了瞬间的美丽和瞬间的永恒！

我心中、梦中的康桥

——改写《再别康桥》

康桥，是一个在文学史上熠熠闪光的地名。自从我在这里读书后，她就成了我的精神家园，虽然岁月流逝，但是她一直在我的心中、梦中。

我的心中定格了这样一个镜头：在康桥的一隅，在一个静谧的小花园内，阳光暖暖地、柔柔地洒着，我斜倚在一棵树上，回忆着在康桥的点点滴滴。

记得当初，我抱着对知识的渴望，走进这所我向往已久的地方——康桥。弹指间，几年的时光悄然流逝，我对康桥的云、康桥的水、康桥的人都有了情感，可我还是离去。这次我回到康桥，我的心跳得更厉害了。

我静静地想着。时间过得极快，西边的太阳提醒着我，现在快要到傍晚了。康河边的垂柳，嗅着夕阳的味道，原本的淡绿色被柔和的金黄色替代。那似娇似羞的模样，仿佛就是一位盛装而又腼腆的新娘，垂下的嫩叶回旋在康河里。弱弱的风，抚着一片片翠叶，在小河中漾起了波纹，波纹似乎也漾起了我心中的情感。

我曾经幻想，幻想自己只是康河内一棵极不起眼的荇菜，可以慵懒地躺在康河里，静静受着康河的洗礼，可以在康河随意地摇摆着身姿，在水中炫耀自己的魅力。在康河柔柔的水波里，我的心就像其中的一棵水草，只因能深受到它的浸润，而心满意足。

我漫步至潭边，潭水清澈而明亮，这已不仅仅是一股清泉了，是天上的彩虹化成的。这个地方，盛着的、溢出的是我的梦，与天上的彩虹一样绚丽。这些梦是绚烂的，但它们现在变得非常迷惘，支离破碎，不再完整。梦在浮藻间、在康河中沉淀，可能是我淡忘了，但还是沉淀下来，似一坛尘封的美酒。这康河是柔美的，正因为如此，而让我深深地眷恋着，回忆着。

梦似乎与我远离了。我荡舟河上，撑着长篙，奋力地向青草丛深处划去，又好像要去寻梦。潺潺的水声，飒飒的风声，还有那满天的繁星。此情此景，我好想放声高歌啊，来寻我的梦，来抒发我心中将要离开康桥的悲伤。

可是我止住了，将满腔的惆怅压在心中，因为只有悄悄地、悄悄地才是我离开康桥最好的方式。夏天的虫儿似乎与我心意相通，它们放下了平日的喧闹，与我一起沉默着。或许，这样寂静的夜晚才是属于这般沉默的康桥。

我与当初一样，悄悄地离开，离开了我最眷恋、最喜爱的地方。我悄悄来探望康桥，现在轻轻挥手，留下美丽的天空。气息幽幽，非思非念，此时最浓稠！惆怅，没有底，没有边，唯独那忧伤哀愁，始终围绕着我。

别了，康桥。你永远在我的心中，在梦中！

羞　　姑

——《珍珠塔》片段

在襄阳的陈府大厅内。老夫人方朵花还在嫌弃自己落难的侄子方卿,嫌他扰乱了自己平静的生活。

在老夫人嘟哝的时候,方卿跟在婢子红云身后,走进了大厅。方卿一进大厅,便作揖道:“侄儿方卿,前来拜访姑母。”姑母脸如静水,露出鄙夷的脸色说:“算了,你坐吧。”谁知,姑母又转头向红云大声说:“红云,去拿香盘。”“要香盘做什么?”方卿不解。“跪接侄儿——你啊!”说起这事,还有这一段渊源。方卿原为官宦子弟,却家门不幸,被小人参了一本,抄了家底。随后,来至襄阳,希望得到姑母资助进京赶考。可姑母势利,不肯资助,反而还说如果方卿高中状元,一定头顶香盘迎接他。

“姑母,今天侄儿唱道情路过此地,特意来看望姑母。”说着,方卿唱起了《韩湘子》,唱至“恶婶母,枉念了弥陀经”,老夫人却突然说:“你不求进取,反而借唱道情羞辱我。我问你,你的官呢?”

恰巧,姑父陈培德和表姐陈翠娥进入大厅。方卿向姑父行礼。“快快请起,大难不死必有后福。”“母亲,表弟送你一包干点心,打开看看吧。”姑父和表姐看了满心欣喜。“黄金印,老太太,方卿高中状元，官封七省巡抚。"老夫人一副苦相，说："我，我要顶香盘了！"陈培德口气轻蔑，说："你这是自作自受。"

这时候，姑母脸红了，红得像一块绸布。"拿香盘来。"她望着香盘，心里郁闷，举也不是，不举也不是。方卿站出来，为她打圆场，说："姑母，您那是激励我，何必为一句玩笑话当真了呢。"姑母这才放下心来。

一会儿，方卿换上了官袍，神采奕奕地走了进来。姑父一脸欢喜，姑母一脸尴尬，小姐一脸羞涩。方卿十分宽容。在鞭炮声中，他与姑父子侄情深，与姑母冰释前嫌，与表姐喜结良缘。

我们心中要装着祖国

——读《钱学森》有感

钱学森是我国的“导弹之父”。当你在国庆60周年,看到中国的导弹车队在天安门广场驶过，全世界都投以敬佩的目光的时候,你有没有想到是钱学森等人,为我们祖国带来了尊严和辉煌。他用他的青春、热血和做出的卓越贡献,启迪我们心中要装着祖国。

《钱学森》这篇课文主要写新中国成立后,钱学森在美国再也按耐不住了,日夜盼望着回到祖国。可是美国不允许他离开,经过5年的努力，钱学森于1955年9月17日踏上归国航程。从此,钱学森为我国运载火箭、导弹的研制和发射做出了非凡的贡献,是中国航天科技事业的先驱和杰出代表,被誉为“中国航天之父”和“火箭之王”。

学完课文后,我为钱学森的拳拳爱国心而深深感动。钱学森为了回到中国,放弃了在美国所享有的一切优厚待遇。这样一个爱国人才,国家怎么可能不重用？在国家的支持下,他先后获得了不少的名誉,如“杰出校友奖”“两弹一星功勋奖章”“中国绿色贡献终身成就奖”等。钱学森在祖国不富裕时,义无反顾地回到祖国,因为他觉得作为留学生在外学习,之后就应该回到祖国,报效祖国。

作为祖国建设事业的接班人，我们应该以国家利益为重，处处为国家着想，而不应该只顾个人利益。少数同学学习很认真，天天背英语，一心想考托福，以便移民国外。我觉得这种境界不高，他们同钱学森相比有很大的差异。我们要向钱学森学习！

朋友，让我们心中装着祖国，认真地去学习、去钻研，以便成为像钱学森一样让祖国自豪的人才！

从现在开始感恩

——读《早一点让父母躺在我们的怀里》有感

一篇名叫《早一点让父母躺在我们的怀里》的文章,深深地感动了我。这篇文章以“你有没有给你父母端100杯水”为开头,诉说了一个感人的亲情故事,启迪我们:要学会感恩。

文中那个女孩的外婆病危。舅舅把外婆抱在怀里,外婆感受到亲情,感受到爱,觉得很欣慰。过了一个晚上,外婆带着无比的满足离开人间。第二天清晨,女孩的母亲得知外婆离去,便晕厥过去。这时,那个女孩触景生情,为了让自己的母亲也能得到满足,她让自己的母亲也靠在自己的胸前。他们是用自己的爱去感恩。

让父母在子女的怀抱中感受温暖,感受爱,这是多么好的一个想法啊!是父母哺育了我们,教育了我们,我们怎么能知恩不报呢?所以,我们应该存有感恩的心。这些感谢可能是一份知名大学的通知录取书,可能是作业簿上的一个满分,可能是花团锦簇的外衣,可能是一双洁净的布鞋,可能是一辆崭新的轿车,可能是一辆能节省体力的普通电瓶车……无论这份感谢是花多少钱购买的,心中那份感恩的心却是无价的。我们应学会感恩,现在就要去感恩。

想着想着，我又想到了以前读到的一个故事：一个苦命的孩子求学的经历。他的家庭十分困难，父亲早已逝去，弟弟、妹妹在家里嗷嗷待哺。可他坚持攻读研究生。他怀着对母亲的一颗感恩之心，把母亲带在身边一起读书！这是多么感人的故事啊！

从现在开始，让我们对父母进行感恩吧，让父母感受我们的温暖！

认准目标，穷追不舍

——读《狮子、兔子和鹿》有感

《狮子、兔子和鹿》这篇文章是《伊索寓言》中的一则故事。这则故事给了我很大的启迪：我们要认准目标，穷追不舍。

《狮子、兔子和鹿》讲了这样一则故事：一只饥饿的狮子看见了正在休息的兔子，准备去捕捉时，又看见了一头鹿。狮子想饱餐一顿，所以又去追鹿，可是狮子追得浑身是汗、气喘吁吁，也没有将鹿追到。当狮子再想去捉兔子的时候，兔子已经跑得无影无踪了。所以，狮子一个都没有得到，最后两手空空。

在社会上，有一些人，就像故事中的狮子一样，贪得无厌，不满足于眼前的利益，而去追求新的更大的利益，结果不但新的利益没有得到，就连眼前的利益都丢失了，以致两手空空。这方面的例子数不胜数。

作为社会主义建设事业的接班人，我们应该认准眼前的目标，对这目标穷追不舍，才能确保真正有所得。有些同学，字还没认识几个，就要写作文了，这相对来说是很困难的。我们应该先会组词，再练习造句，然后学习片段，最后写作文。需要这样一步步地来。再如，我们学习游泳，一开始的时候，要练习基本动作，只有练习好了基本动作，才能够下水。还没有练好基本动作就下水,我相信一会儿就会沉入水底。

认准目标,穷追不舍,这就是我读了《狮子、兔子和鹿》后得到的深刻感受。

要有一颗爱心

——读《繁星·春水》有感

我在课余时间里阅读了《繁星·春水》，这是冰心的代表作。作品启迪我们：要有一颗爱心。

冰心是我国著名的现代女作家，她的诗句里充满了“爱”。冰心所写的诗句中，我最喜欢的是：“母亲啊！撇开你的忧愁，容我沉酣在你的怀里，只有你是我灵魂的安顿。小小的花，也想抬起头来，感谢春光的爱——然而深厚的恩慈，反使她终于沉默。”在这里，冰心用她炽热的笔，赞颂着母爱，她把母爱比作灵魂的安顿之所，比作盛开花儿的原野。也许，在作者的眼里，正是因为有了母爱，大自然才充满了勃勃生机。

此外，我还特别喜欢冰心的诗句情感丰富。“母亲啊！天上的风雨来了，鸟儿躲到它的巢里；心中的风雨来了，我只躲到你的怀里。”她的这句话很朴实地将深沉的母爱表达了出来。天上的风雨来了，鸟儿躲到它的巢里；可是心中的风雨来了，我只躲到母亲的怀里。由此可见，孩子对母亲深深的依恋，母爱具有的巨大力量。

作为一名中学生，我们应该有爱心。我们要对别人付出的爱予以回报。在我们生病的时候，父母能够不顾劳累、不分时间、无微不至地照顾我们。父母为子女付出了很多,我们要回报他们的爱。

年轻的朋友们,让我们怀着一颗爱心,去面对生活,走向成功!

诗情悠悠

不要等待

数百年来，俊俏美人早已烟消云散；
千百年间，只有日月星辰尚未改变。
时光如同流水，她又怎会眷念你？
岁月总是匆匆，她又怎么等待你？

是雕栏玉砌应犹在，只是朱颜改；
或者是景物尽毁，人亦灰飞烟灭！
岁月平等地对待每个人，
她不会眷念你、等待你。

都说西施、昭君沉鱼落雁、倾国倾城，
可是如今，仅凭书上的寥寥词句，
怎么能够凸显她们的美丽？
只因岁月亘古，可年华终逝！

若是等待，若是错过，便是蹉跎，
过去了，再也不可能回到从前。
现今的我们要抓住机遇，不要等待，
要让我们的人生大放异彩。

追逐，让梦想花开

当嫩芽顽强破土
当花瓣绚丽绽放
它们历经了万难
最终才毁灭重生

雏鹰终要展翅飞翔
它们在山崖之上
挥舞着稚嫩的翅膀
慢慢地、慢慢地翱翔天际

如今，在青春的路上
我们克服困难，披荆斩棘
向着明天，向着希望
奋力追逐
只为梦想花开

锡城四季

一年四季春夏秋冬
四时韵味各有千秋
然江南水乡四季别有趣味

春的气息

是荣氏私家花园里素雅的梅花
是太湖佳绝处长春桥下的樱花谷
是雨巷中像丁香花一样的姑娘

夏的味道

是蠡园里出淤泥而不染的莲花
是百米喷泉渤公岛内的绿树荫
是梁溪河畔芬芳满枝丫的茉莉花

秋的情致

是惠山寺前六百年金黄色的银杏
是马山十八弯里成熟且沉甸甸的橘子
是古运河南下塘,是寄畅园里的红枫

冬的风韵

既不是想象中南方的温暖
也不是江南独有的魅力
有的只是特有的湿冷

千　佛

我踏上荒凉
漫天的尘沙
那千万个石窟中
是千年的梦,是千年的壁画

从前秦的乐尊僧人起
是身穿袈裟的僧侣、是信徒
是忙碌的画工、是雕刻家艺术家
一批批一代代

西域的风情在魏晋的风骨里
大唐盛世的雍容富丽终结在安禄山的手中
宋朝的匮乏与冷漠让塞外的敦煌只有荒凉
西夏和元朝像是带着几分神秘的宗教色彩

马蹄声驼铃声
诵经声木鱼声
都在历史的长河中渐渐地淡了

被迫打开国门
王圆箓为了换取眼前的财物
壁画典藏的经书被送走了

大漠深处
是敦煌壁画
河西走廊的尽头
是我们的千佛

看遍西安

腊月时节
石榴树、国槐只剩下秃秃的枝丫
雾蒙蒙的十三朝古都西安
晨钟暮鼓中还有悠悠历史中华

当西楚霸王闯进咸阳
烧掉的不止是阿房
还有那一个个兵俑所属的秦朝
从一抔黄土变成百态的士兵
却是两千多年的不见天日

当玄奘法师在大慈恩寺讲法
从天竺携梵典归来名震长安
传诵唯识法宣扬真经
千年后的曲江边大雁塔下
还有风尘仆仆的三藏大师伫立

当杨贵妃在华清池沐浴戏水
皇家行宫依骊山傍渭水
温泉水滑洗凝脂
大唐盛世的繁华被安禄山终结

如今只剩温泉水和破败不堪的池子

蒋介石在骊山被捉
放弃攘外必先安内的方针
中华民族一致对抗日寇
无论是正气亭、捉蒋亭还是兵谏亭
都是历史的见证

岁月的画卷打开
是蓝田玉暖是曲江灞桥
是唐明城墙是白鹿丘原
闭眸深思再睁眼
西安城区铁树银花车流不息

当你老了

当你老了头发白了
当你老了走不动了
不知旁边是否有人陪伴你
不知是否有人始终爱着你

亲爱的
当年你风华正茂
人们喜欢你的微笑
爱慕你的美貌
或丰腴或健美的体态

亲爱的
如今已桑榆暮景
我喜欢你脸上可爱的皱纹
爱慕你的灵魂
你我相通的心

有信仰有自信便年轻
绝望畏惧就年老
若是失去了生命的热忱
那就损伤了灵魂

你陪我长大你伴我成长
我陪你变老我伴你暮年
我始终陪伴着你
我始终爱着你

路在远方

济州岛之旅

一

我从首尔乘航班到济州岛时，已接近傍晚。济州岛的机场临近海边，夕阳西下，海面闪烁着点点银光，我享受着太阳渐渐下沉的感觉，慢慢地放松自己。

到济州岛的第一晚便看了《乱打秀》。根据剧场内的介绍，《乱打秀》在20世纪末亮相，经过很短的时间便登于国际舞台。

进入剧场，看到表演台的正中央，放了四张桌子，顿时脑中有各种疑问，但又觉得新奇。单看简单的四张桌子，难道是准备表演乐器吗？可是没有椅子。让我觉得奇怪的是，在桌子上似乎有砧板，在舞台的四周有柜子，放了炊具和蔬菜。莫非准备大秀厨艺？

音乐剧开端是三名厨师需要在极短的时间内准备婚礼的宴席，同时，酒店的经理安排了他没有经验的侄子来厨房帮忙。虽然语言不通，但通过投影屏幕上的汉语提示，可以进行辅助性的理解。表演中包括了杂技、魔术与观众互动等，以无声的形式来表达其喜剧效果。韩国传统的四物打击乐贯穿始终，但其不同之处在于使用的是厨房用具，成为最大的特色。

在表演结束后，已经入夜。倘若说首尔的市中心连午夜都是灯火通明，商铺门口热闹非凡，那么济州岛的夜晚与首尔的夜晚截然不同。济州岛的夜晚静谧随和，深呼吸一口，嗅一嗅，似乎可以闻出海水的味道。

二

济州岛的温和与柔情缱绻交织，是休闲度假放松的圣地。第二天，我早早地出了酒店，乘上大巴。窗外的天很蓝，云很白，放眼望去是绿油油的草地，还有几头悠然自得的牛与羊。车程很远，却不觉得无聊，反而觉得时间过得很快，或许是因为路上的景色很美，浑然地将自然与人文景观连接起来。

第一站是城邑民俗村。民俗村的各类建筑保留了古代村落的原貌。从外面看，仿佛沿着时空的隧道，到了百年前的济州岛。民俗村将那时人们使用的锅灶、器具放置于游客的面前，给予游客直观清晰的感受，再配上导游的讲解，我可以在脑海中想象出那时人们劳作的情景。那堆砌得稀稀疏疏的挡风石墙，觉得丝毫不起作用，谁知源于汉拿山的黑熔岩石；那些憨态可掬、如同巨型石偶的可爱老爷爷，竟是济州岛的守护神。捧着一小杯五味子茶，看着济州岛特有的小马，闲适地呷一口，回味酸酸甜甜的味道，让我觉得夏日清凉了许多。

在结束了民俗村的行程之后，已是中午。我早就期待着今天的特色菜——济州岛有名的黑猪肉。这里的黑猪肉口感细腻，酱料鲜美。比起首尔食物的清淡养生，济州岛的食物更适合我的口味，在首尔的几天，除了餐前小菜，吃的喝的味道极其清淡，据导游说是不放盐的，对于我这种重口味的人来说，怎么吃得下呀！

下午去了济州岛的泰迪熊博物馆。该博物馆是泰迪熊粉丝必到之地，也是《宫》《浪漫满屋》等影视作品的拍摄地。这里是全世界最大的泰迪熊博物馆，收藏泰迪熊最多最全。巧的是，和我一同到韩国旅游的表弟在参观泰迪熊博物馆时遇到了他的同班同学。同一个时间，同一个地点，在两人均未知的情况下遇到了，是一件幸事。

当天住的酒店临海。在海边，聆听海浪的声音，欣赏夜晚的海景，乐哉，美哉！

三

清晨时分，早早地起床赶往位于济州岛东端的城山日出峰，谁知仍是错过了观赏日出的最佳时间，登上山坡，太阳已经升起。虽有些遗憾，但能够看碧海蓝天、青山绿水，也是一件乐事。

阳光耀得刺眼。可人们似乎不畏惧强烈的紫外线，纷纷弄潮观海，有些人还选择了坐快艇出海。岸边有人卖刚从海中打捞出来的海鲜，无须精心地烹饪，或生啖或加盐水煮，便可直接品尝。那是属于大自然本身的鲜美之味。

美好时光总是异常短暂，当天下午就从济州岛机场回国了。

美丽的无锡

游客朋友们：

“无锡是个好地方，好地方。诗中的诗，画中的画，碧水家园胜天堂……”这是一首歌，赞颂了无锡的美丽风光。素有“太湖明珠”美誉的无锡，坐落在太湖边，又有“人间天堂”的美称，是别有情趣的地方。

我认为无锡最美的地方就是鼋头渚。它每个季节都有与众不同的美丽。春天来了，樱花开了，有浅绿色的，有粉红色的，有白色的，缤纷盛开，十分艳丽。夏天到了，荷花开了，五颜六色，有粉红色的、白色的、红色的，冰清玉洁，风度翩翩，特别美丽。秋天，枫树上的叶子红了，红得像燃烧的火。一阵风吹过，一片片枫叶从树上飘落下来，仿佛一只只红黄蝴蝶从树上飞下来。菊花也竞相开放，它们有的像喷泉，有的像焰火，有的像小绒球，有的像白玉蟹……游人流连忘返。冬天，在雪中的鼋头渚就更美了。树上缀满了闪烁的白雪，好像是用白玉雕琢而成，美丽极了。白色的雪儿衬托着五彩的衣服，显得格外漂亮。

清晨，晨曦中的鼋头渚有独特的美。湖面上弥漫着阵阵雾气，仿佛有人向水里投了一枚烟雾弹，显得朦朦胧胧的。中午，强烈的太阳光照着地面，花变得更艳了，树叶变得更翠了。傍晚，太湖中白帆点点，渔歌飘扬，原来是渔民们捕完鱼，高高兴兴地回家了。湖上无风，迷迷蒙蒙的湖面就像未经擦拭的银镜一样，有一种朦胧美。

游客朋友们，这就是风景如画的无锡鼋头渚，相信你们一定会被这美丽的景色所迷住。无锡美，美就美在鼋头渚的山水；无锡美，美就美在蠡园的长廊；无锡美，美就美在梅园的花卉……朋友们，我相信你们到无锡旅游，一定会被无锡的鼋头渚乃至整个无锡的美丽景色所吸引。

转山转水转佛塔

——记录我的西藏之旅

2.8亿年前，地球板块撞击的造山运动将本是一片汪洋的特提斯海变成了如今的“第三极”——青藏高原。我带着几分挑战意味、几分憧憬以及几分崇敬的心来到了青藏高原。

林芝篇

早晨，一行人从南京禄口机场出发，在西宁转机，午后便到了拉萨贡嘎机场。经过一晚上的休息，第二天一早从拉萨出发，往南面的林芝开去。坐在大巴上，我望着车窗外，渐渐地睡了过去。

途中极为颠簸。到了巴松错景区的时候，我突然觉得那么长的路有所值了。

巴松错是一个湖，通过层层台阶缓步而至湖畔，仿佛置身于秀丽的景色中，像江南景色，细瞧有几分不同。在风光旖旎的江南可以看到山岭湖泊，却绝对不会遥望远处时看见雪山。葱茏的绿意给人以无限的生机感，同时大幅度地提升了空气中的含氧量，帮助刚到高原的游客们适应了这里的环境。美中不足的是，7月是林芝的雨季，空中布满着云雾，蓝天更是过于羞涩，欲语还羞，只展现了一个小小的角落。

从湖畔走上摇摇晃晃的浮桥,可以看到湖心是一座名为“扎西”的小岛。“扎西”在藏语中为“吉祥”之意。岛上挂有五彩的经幡,中间是错宗贡巴寺,供奉着莲花生大师。

到达林芝后的晚餐,我们品尝了当地特色墨脱县的石锅鸡。藏族人民对于石锅的使用,是他们在历史的长河中“靠山吃山”的充分体现。林芝地区的人们最常用的炊具便是一种用皂石制作而成的锅,这种石锅不仅有利于人们烹饪出美味佳肴,还含有一定的微量元素,有益于身体健康。

在林芝的第二日,我们前往雅鲁藏布江大峡谷,途径“佛掌沙丘”这一景点。虽云雾缭绕,大雨滂沱,但并没有减少一行人游览的兴致。站在有些凉意的高原上,手上捧着一杯热气腾腾的酥油茶或甜茶,呷上一口,岂不美哉!据说,若是有蓝天白云,有金色的阳光,有蓝绿色的湖面以及土黄色的沙丘,那真的是一幅难以用言语描绘的美丽画卷。

到达雅鲁藏布大峡谷景区,我们简单就餐后,乘坐景区内专门的大巴开始了神秘而美妙的旅途。雅鲁藏布大峡谷不仅是青藏高原上更是世界上最深、最长以及海拔最高的大峡谷。真正进入峡谷深处,叹为观止!在悠悠的大峡谷中,立于天地间的一个人未免显得渺小,对面是悬崖峭壁,而经过的是5000米大峡谷中,开发了20多处的景点。在不同的观景台上,可以领略雅鲁藏布江不同的景色。观景台栅栏边有一朵朵怒放的格桑花。在海拔四五千米的高原上,格桑花有顽强的生命力。碗口大的鲜花,开着缤纷的颜色,无疑给雅鲁藏布大峡谷增添了几抹不同的亮色。随着行程的推进,我们终于来到了景区的最后一站——南迦巴瓦峰。海拔 7782 米的南迦巴瓦峰，无人攀登到峰顶，同时该山峰由于云雾弥漫，极少有人可以看到日照金顶的景观，故又名“羞女峰”。确实有几分的遗憾，但给自己留个念想，又何尝不好呢？

在林芝住了两晚后，经过近十个小时，我们返回了拉萨。

拉萨篇

在回拉萨的路上，又经过了海拔 5000 多米的米拉山。其实，在拉萨到林芝的路上，我们已经经过了米拉山，只是由于刚到高原地区，担心身体不能适应，便没有下车在米拉山拍照留念。回程之路上，我们选择了在米拉山口稍做停留，但不可否认仍有高原反应，风吹得刺骨，呼吸较为困难。在米拉山口，天灰蒙蒙的，雨淅淅沥沥地下着，5000 多米的高山上，只有为数不多的青草和裸露在外光秃秃的山脊。

到达拉萨后的第二天，我们参观从小就向往的布达拉宫、充满藏族特色的八廓街以及大昭寺。

相传，布达拉宫是松赞干布为了迎娶大唐的文成公主而建，雄伟的布达拉宫应该有文成公主的宫殿，但又不仅仅是文成公主的宫殿。后来，由于天灾人祸，布达拉宫几乎毁于一旦。在明末清初时期，布达拉宫经过修建，历经后世的不断扩建，才有了如今的规模。严禁在宫殿内部拍照。布达拉宫依山而建，高 100 多米，然而从山脚开始向上走，却让人觉得气喘吁吁，无比艰难。宫殿内有塔，有数不清的奇珍异宝，有许许多多的文物，有丰富的历史内涵。

一开始进入布达拉宫，天色晦暗，我们不禁担心能否看到蓝天白云，总是觉得只有在蓝天白云映衬下的宫殿才能显得更加壮观,殊不知在不同的背景下,建筑有着不一样的韵味。游览快结束时才发现,阳光已经透过云层洒了出来,白白的云朵触手可及,我来到正前面的广场上,拍下照片以做纪念。

从布达拉宫步行二十分钟左右,便可到八廓街和大昭寺。八廓街周围的房屋保存着原有的风貌,是拉萨城有名的商业街。顺时针步行,琳琅满目的藏族特色商品,任君挑选。在大昭寺门前,袅袅青烟从铜炉中升起。

日喀则篇

再次从拉萨出发,探寻西藏的羊卓雍错(简称“羊湖”)。从拉萨到羊湖需要翻越海拔5000多米的岗巴拉山,当得知自己还要再次到5000米之上的地区时,内心无疑是有压力的。之前到米拉山,便有胸闷、头晕等反应,再次攀登高峰难免有些烦闷。但是,当到了羊湖必经的那个山口时,我再次被西藏的湖所震撼。内地不乏清澈的湖,可总是少了几分源于天地间的宽阔,这里蔚蓝色的湖水如丝绸的缎带一样向远方飘去，在蓝白色的构图中还有两边的青山。从山口出发,沿着山中的空路缓慢前行,大概两个小时后,便真正到达了羊湖。在湖边,有几只凶猛的藏獒,有游客上前与藏獒合影。站在湖畔,才发现羊湖也不是想象中的一望无际,静静地荡漾,如同碧玉般。

沿着羊湖，到浪卡子县和江孜县的交界处，观看另一景点——卡若拉冰川。一路上看到过很多的雪山,可那都是在远处的,可以说这是我从小到大第一次近距离看冰山。随着全球温室效应的加重，卡若拉冰川的雪线正在不断上升，在被那深厚的终年不化的积雪震惊的同时，不免担心若干年后人们是否还能看到这些奇景。

傍晚时分，终于到了目的地——日喀则市，这是西藏的第二大城市。匆匆吃过晚饭，结束了当天的行程。

次日，从酒店出发，第一站是扎什伦布寺。位于日喀则尼色日山下的扎什伦布寺可以与拉萨的布达拉宫相媲美，因此被称为“小布达拉宫”。

在扎什伦布寺，看了许多文物，听了许多故事，我们结束了日喀则市的游玩，再次踏上重返拉萨的路。

纳木错篇

严格来说，纳木错属于拉萨，在距拉萨市区 240 公里的班戈县和当雄县内。可为何我将纳木错单列呢？有地理的因素，但我觉得更多的是因为那有一种直达心灵、撞击心扉的美。

清晨从拉萨市区出发，途经藏北大草原并在念青唐古拉山的观景台驻足合影。在古老的西藏神话故事里，在藏区牧羊人和狩猎者的传说里，念青唐古拉山和纳木错不仅仅是“神山”“圣湖”，更是一对生死相依的夫妇。在我们游客的眼中，念青唐古拉山在纳木错的衬托下显得格外雄壮，纳木错则因为念青唐古拉山的倒影而愈发迷人。

看到纳木错的第一眼便觉得，纳木错的骨子里透着一股大气。湖水清澈，天空湛蓝，在湖的尽头是念青唐古拉山上终年不化的积雪。

在游览纳木错的行程中让我觉得有些遗憾的是，因担心高原反应,没有选择夜宿纳木错,因此错失了无数人称赞的日出美景。或许,这是为了给自己留个念想吧。

从长江三角洲到世界屋脊,从江南水乡到雪域高原,一路前行,转山转水转佛塔,只为游览西藏,真美!

黄果树瀑布

2018年的夏季，带着幼时对黄果树瀑布的向往，我去游览了一番，着重观赏了天星桥景区、滴水滩瀑布景区以及陡坡塘景区。

天星桥景区的大门上有一副对联，上联写着“风刀水剑就万倾盆景”，下联则是“根笔藤墨绘制千古绝画”。我一步步走入天星桥景区，让我惊讶于大自然的鬼斧神工。这里水上有石、石中有水、石旁有树，水中的石块有些是天然形成的，有些则是为了方便游览而铺设的，巧的是脚下的石块正好365块，后来有人在石头上刻上日期，游客们一步一块石头，一步一日，最终能寻找到刻有自己生日的石块。因此称“数生步”，又名“莲花踏步”。人在景中行，好似在画中游览一般。

接着，我们直奔瀑布。当导游介绍到“黄果树瀑布”的植物“黄果树”时，同行的母亲惊叹：“这难道不是橘子树吗？”黄果树结出的果实叫黄果，有些地方也叫甜橙，因此黄果树也可以简单理解为橘子树。大家开玩笑说，或许称其“黄果树瀑布”听上去比“橘子树瀑布”雅致得多。

来到观景台，细雨便从瀑布方向扑来，形成著名的“银雨撒金街”的奇景，轰鸣的水声震耳欲聋，连脚下踩着的地都让我切身体会到了大瀑布的脉搏。还记得小学语文课本里作者着重描述了黄果树瀑布的声音，当时还想着不过是个水声，作者为何能花如此多的笔墨从如此多的角度来描绘呢？直至站到了瀑布脚下，我才体悟到层层叠叠的水声，仅用“哗哗哗”的拟声词确实难以表述，比喻或夸张的修辞确实能更加形象地表达瀑布之壮丽。黄果树瀑布，从前后左右里外上下都能观赏。水从巨大瀑崖上轰然坠入犀牛滩中，声如巨雷，山鸣谷应，摄人心魄。

走近大瀑布本就够惊心动魄，而要在大瀑布里面穿行，走进水帘洞，更是人生一大乐事！水帘的背后隐匿着长数 10 米，宽约 1 米的洞。洞内除了造型各异的钟乳石外，还有不少洞窗，其中的摸瀑台向外伸展数米，站在前端便可触及飞泻而下的瀑布。在洞内行走，透过一个个洞窗，再透过瀑布的水雾，能隐约看到跳跃的彩虹。

下午三点左右，我来到了最后一个景点陡坡塘景区。陡坡塘瀑布是黄果树瀑布群中瀑顶最宽的瀑布。瀑布顶上是一个巨大溶潭。它是《西游记》主题歌《敢问路在何方》的录摄地点。

站在观景台上，我仿佛看到唐僧师徒四人牵马过河的情景，哼唱着“你挑着担，我牵着马”，我期盼今后能重游。

一路黔行

向西南，我们前往多彩的贵州，去领略它的神秘和精彩。

首先，我们去探访被誉为“中国十大奇洞”之首的织金洞。

进入景区，走下台阶，前面是迎宾厅，是整个织金洞唯一享受自然采光的地方。洞内长满了各种植物，有低等的苔藓，也有高等的草本植物，令迎宾厅散发出勃勃生机。在一侧的洞壁上，三层岩石相叠，长满绿色植被，就像一株遒劲苍翠的迎客松在迎接您的到来，迎宾厅因此而得名。迎宾厅的顶部是巨大的天窗，天窗边沿是串串滴落的水珠，在阳光的照耀下，仿佛撒下的金钱，故又被称为落钱洞。按照游览路径，进入洞穴内，空旷寂静的洞厅中偶有水滴落下的声音，有时正在仔细观赏岩石，水滴便在不经意间落了下来。

银雨树是织金洞内的另一美景。银雨树高 17 米，犹如象牙雕刻的玲珑塔，洁白晶莹，玲珑剔透。很多年前，它形成塔状，再被水和二氧化碳溶蚀成松球状，而后不知又经过了多少年，叶片慢慢加长加宽，形成了现在的样子。如果说织金洞是一首优美动人的诗，那么这棵银雨树便是最激动人心的诗眼；如果说织金洞是一幅精妙绝伦的画，那么银雨树就是画龙点睛之笔。

接着，我们前往青岩古镇。这青岩古镇依山而建，低调而不失风采，老旧而不失典雅。它沿袭明清时期的格局，其中大量的明清建筑保存完好。

古镇曾经是军事要地，由明朝洪武年间明军设堡后扩建而成。如今，早已没有战火硝烟，在石巷中漫步，脚下是青石板铺的路，两旁是青石板垒的墙，路窄而幽静，心跟着沉寂了下来。

然后，我们去梵净山。我放弃攀登八千个台阶，选择坐缆车上山。向下俯瞰，连绵的群山覆满茂盛的植被，偶有裸露的岩壁上，可见遒劲的老树。越向上，山林间的云雾越发聚拢，萦绕缥缈，仿佛是神秘的仙山。

阵阵山风拂过林间小道。我们穿过密林，终于到达了山顶——蘑菇石所在的位置。经过很多年的风化而成，蘑菇石既像天上飞来之物，又像是地上生长而出，傲然屹立。

站在蘑菇石一侧，可以遥望金顶，可云雾遮挡而始终不见金顶的真面目。等云雾散去，太阳光照在金顶上，我确定自己想攀上金顶。几乎垂直的石阶，仅有几根铁链子护着，几乎是手脚并用着，也不知是害怕还是累的，腿都在颤抖。越是心慌害怕，手脚颤抖得越是厉害，不敢停留在山腰处，路径狭窄，仅容一人通过，若是停在险要之处，不但自身不安全，也影响了后面游客的通行。凭借着胆量，还有勇攀高峰的信念，我登上了金顶。

后来，我们去西江千户苗寨。西江千户苗寨是苗族聚居村寨，由十余个依山而建的自然村寨相连，是保存苗族原始生态文化最为完整的地方。

山脚下的村寨口正举行着苗族特有的迎宾仪式——十二道拦门酒，老人吹奏着乐器，年轻貌美的女子穿戴着苗族的特有服饰，给远方而来的贵宾敬上米酒，笑盈盈地与游客合影。

走进苗寨，着实被这个木质构建的世界所吸引，也因这个依山而建的连成片的寨子而感到诧异。清一色的木质结构，房顶是黑色的瓦片，吊脚楼一间间层层叠叠顺着山势建成。早在进入苗寨前，我们就订好民宿，可谁料到西江苗寨有两个停车场，我们的人、我们的行李在这头，而民宿在那头，也就是说，我们停在十五号风雨桥，民宿却在一号风雨桥。拖着行李，走在白水河旁，走马观花般穿过苗寨，有各式各样的商铺酒吧，有穿着苗族服饰的老人带着孩子，有穿着苗族服装的游人在西江留影……

午饭是导游帮忙安排的苗族特色长桌宴。还没到饭店就听到悠扬的迎宾敬酒歌，进入餐厅时已经有其他游客在享用美食，我们一行十几个人便在旁另开一桌。桌上除了正在煮的酸汤鱼外，还在每个位置旁放了一个红鸡蛋，导游介绍并半开玩笑说："鸡蛋可以从额头敲碎，寓意红运当头。"在黔东南，还有这样的老话："三天不吃酸，走路打捞蹿。"可想而知，酸汤鱼在当地的重要程度和受欢迎程度了。

夜晚，特意登上观景台赏夜景。村寨里布满了灯光，眼前就是不夜城，似乎能听到山下的歌声。次日清晨，阳光照着苗寨上游地区的大片梯田，山雾轻盈，远方是成片的稻田，耳边是嘈杂的鸡鸣声、鸟鸣声。少数民族同胞在这里日出而耕，宁静的农耕文化和美丽的田园风光呈现在眼前。阿婆们头上别着艳丽的花，身着民族服饰，或牵着或背着小娃娃，走在山路上，仿佛走在古老的晴耕雨读的年代。

最后，我们去看"中国天眼"。这是500米口径球面射电望远镜，简称"FAST"。在观景台，俯瞰就是"大锅盖"，群山环绕，毅然矗立。

别了，多彩的贵州；别了，美丽的景点。我爱你旖旎的风光，爱你绚丽的文化！

绩溪游记

清明时节，从江南水乡无锡驱车到安徽省宣城市绩溪县。

下了高速进入县城，沿途的油菜花田星罗棋布，这儿一丛那儿一簇，星星点点散落在村落里。梯田顺着山势蜿蜒，多了几分婉约。

驱车直奔龙川景区，踏足在龙川水街上。河岸由大青石和花岗石砌成，两旁的房屋是典型的徽派建筑，青砖黛瓦马头墙，错落有致。水从山中而下，穿过村庄，汇入河流。水街中流水潺潺，两侧的街道分别命名为龙堤、凤街，有龙凤呈祥之意。

我走进胡氏宗祠。

胡氏宗祠建筑上的雕刻不但数量众多，而且内涵丰富，技艺精湛，堪称是传统徽派雕刻艺术中的极品，更难得的是宗祠内的大部分建筑设施保存良好。

在宗祠正厅的一角，搁着一口硕大的铁钟，钟上面的刻字有特色。钟上有“国泰民安”四个大字，仔细一看有两个错别字："国"字里的“玉”少了一点，将“玉”写成了“王”字；“民”字的“弯勾”却“出头”了。但是，别小瞧这两个错字，这里面有深意。根据导游介绍，龙川胡氏的祖先认为，要实现真正意义上的“国泰民安”，国家就要少收一点税，从百姓身上索取的要少一点，要多留给民众一些实惠。

来了绩溪，那就必须品尝一下徽菜。进了饭店，点好菜，便坐在桌子旁翘首以盼。第一道菜是毛豆腐。夹了入口，发现与之前吃过的嫩豆腐、老豆腐都不一样，口感细腻，有腐乳的感觉。徽州民谚说“嘴里吃着毛豆腐，巴掌打到嘴上舍不得吐”。不一会儿，“胡氏一品锅”上了桌，我一直以为这道菜是胡适先生所创，可听了店员的介绍发现不对。相传，乾隆皇帝微服私访，来到绩溪，借宿于村民家。农妇将蛋饺、油豆腐、红烧肉和干豆角等码在锅内热熟，便直接端上桌。皇帝赐名为“一品锅”。胡适先生则因为以家乡的“一品锅”邀请美国前总统罗斯福，使得“一品锅”声名远扬，又称为“胡氏一品锅”。整道菜味道层层递进，香嫩入口，口齿留香。后来又上了臭鳜鱼、挞粿、刀板香、焖蛋、绩溪十八碗……

绩溪菜选用的食材不算名贵，甚至说得上质朴，多是选用当地新鲜的食材，烹饪的方法也算不上精细，菜品讲究原汁原味。即使如此，行文至此，我也只想再回绩溪游历一番。